JN065058

人生回り舞台

小諸悦夫

鳥影社

人生回り舞台　目次

人生回り舞台

人生回り舞台

一

小日向寛治は寝床の中でもう目を覚ましていた。雨戸の隙間から漏れてくる朝の光の中で、時計を見ると七時である。そろそろ班長の市村がみんなを起こしにかかるだろう。寛治は八畳間に敷き詰められた布団の中で何人もと寝起きするのにも慣れてきた。

「さあ、起きようぜ」

と、市村の声が部屋に響いた。途端に布団をはいで少年たちが起きだした。

ここは榛名出版で働く少年たちの寮で、八畳間に六人もが寝ている。寛治は昭和二十五年に田舎の高校を卒業すると、出版社に憧れてここに入社してきたのだ。社長が寛治と同じ田舎出身で、同郷の誼《よしみ》ということで入社試験に受かったのだった。同時に入社したのはやはり同じ田舎の中卒の少年三人で、皆農家の次男坊、三男坊だった。

寛治は寮があると聞いていたので、小さいながら一部屋に住めると期待していたが、来てみると八畳間に大勢が雑魚寝をする始末で、個人の自由などないので落胆した。班長ともう一人の先輩はこれも中卒で、二年前に入社して、今年は後輩がたくさん来たので先輩風をふかしているのだった。ただ、寛治は高卒で年も上なので、市村にとっては何となく煙たいようであった。

寛治たちは市村の号令で蒲団をたたむと、一斉に表に出て水道で顔を洗うのだ。寮は少し高台にあって、水場からは近くの家々が見えた。その先は更に窪地になっていて、どっしりしたレンガ色の建物があり、それを運動場が取り巻いている。開拓大学の建物ということだった。

彼らは顔を洗い歯を磨き終わると、列を作って重役たちの家々に向かう。重役の家は寮から三分も行ったところに、長田社長の家を取り囲むように四軒固まって建っている。いずれも戦後の即製のバラックに毛の生えたような木造家屋で、寮と同じ間取りだ。この家々の草むしりも一週間に一度の仕事だった。そのほか、畑を耕したり、便所から糞尿をくみ出したりする。会社の土地を畑にして自給自足まではいかないにしろ、野菜を育てて食費の足しにしているのだ。食費は給料の中から二千円で賄われる。食事を作っている賄い婦さんは月に二千円の食費では辛いと言っている。

少年たちは朝の仕事が終わると、歩いて五分ほどのところにある会社に行って掃除をする。会社も木造の即製の家屋で、寮や重役の家々を広くしたようなものだ。木造だから、床も雑巾がけで綺麗にする。ここには準社員が二人宿直室で寝泊まりしている。準社員というのは、少年社員より年上で、しかし社員にはまだという立場なのだが、少年社員にとっては兄貴分で、年も寛治より五歳は上なのである。

掃除が終わると彼らは寮に戻って食事だ。このときが彼らにとっては一番楽しいときである。しかし、腹いっぱい飯を食べられるわけではない。二千円の壁があるから、少年たちもそれは理解しているのだ。伸び盛りの彼らは昼に近くのパン屋でパンを買って腹を満たす。少ない給料は腹を満たすことで無くなってゆく。

九時十分前には会社に出ていなければならない。重役が次々と出社してくるからだ。重役といってもまだ三十になったかならないかの人たちである。長田社長だってまだ四十になったくらいなのである。

長田竹男社長は雄弁社で戦前に少年社員として働き、敗戦のときは資材課長にまで上り詰めていた。雄弁社というのは彼と同じ田舎出身の社長が作った出版社で、戦前に大成功して有数の出版社になった。そして、社長は立志伝中の人と言われている。その会社で資材課長にまでなれたのだ。敗戦のどさくさで彼は独立を計画して、親族を集め榛名出版を設立したのだった。

当時はなかなか紙が手に入らず、紙の手当ができないと、出版は無理という状態だった。

大出版社の資材課長だったという立場は用紙入手に有利であった。雄弁社の後輩を一人誘い、何とか仕事が回るようにした。下働きには、彼が経験した少年社員を雇えばいいと考えた。雄弁社の社長がやったことをそっくり真似して、同郷の少年を集めることにしたのであった。彼には企画の能力はなく、雄弁社から連れてきた編集者の卵ともいうべき男に企画を頼らざるをえなかったのだが、その男が結核で亡くなってしまうと、跡を継げるものはいないのだった。仕方なく雄弁社が戦前に出版したものをもらい受けて出版したが、時代が違って売れる本はほとんどなかった。

何度かの会議が開かれ、雄弁社をクビになっていたのを拾われて役員になった男が、

「少年雑誌を出したらどうでしょう」

と言ったのを、皆が賛成して、少年雑誌を創刊することになったのだった。この男は製作部にいたから編集については殆ど知っていなかった。しかし、単行本で行き詰まっていた状態を打破するには、これしか方法がないということで、雑誌の創刊は光明をもたらしたのである。

誰が編集長を務めるかという段階になると、亡くなった編集長のもとで使い走りのようなことをしていた男が、当然のように編集長という名刺を作っていた。この男は社長の小学校時代の恩師の息子で、小学校の教員をしていただけで、編集の経験はなかった。しかし、彼は「編集長」という立場が欲しかったので、この降ってわいたような機会を好機ととらえ、実力もないのに名刺を作ってしまったのであった。

他の役員は唖然としたが、さりとて他に適任者もいないので、社長以下皆黙認することになってしまったのだ。

寛治たちが入社したのは、こんなどさくさがひと段落して、創刊号が出たときだった。『旭少年』の創刊号を見て、寛治は驚いてしまった。まるで戦前の雄弁社から出ていた少年雑誌をそっくり下手に真似したものだったからだ。特に表紙や挿絵が古臭いのだ。絵描きさんが年を取って筆が枯れているとしか思えないのである。

寛治は小学生の頃、雄弁社から出ていた少年雑誌の愛読者であった。彼は戦争中疎開して田舎の高校を卒業した。戦争中に父親に死なれたため、経済的に高卒で就職しなければならなかった。たまたま高校で校友会雑誌の編集をしたのがきっかけで、編集に興味を持って榛名出版に入社したのであった。

こんな雑誌で売れるのだろうかと思ったが、寛治にはまだ雑誌の批判などする立場ではなかったし、食事を終えると、倉庫に山積みされている売れ残りの本の整理が待っていたのである。少年社員たちは朝から夕方まで倉庫で作業に追われた。

「一生懸命に働けば準社員になれるんだ。頑張ろうぜ」

班長の市村がみんなを叱咤した。こういう閉鎖した社会では、行き場のない者にとっては出世願望しかもてないのだ。まして、中卒で世の中を知らない市村にとっては、それしか生きる道は考えられない。寛治とて行き場のないのは同じだ。だが、彼は高校を出ていて、本も読んでいて市村よりは視野が広い。市村の号令がばかばかしく思えて仕方がない。そういうのがどこか態度に出るのだろう、市村にとっては、寛治が面白くないのである。

市村はもう経験者だから、社員から使いを頼まれる。印刷所に行くこともあれば、製本所に行くこともあって、新しく来た少年たちには誇らしいのだ。

一か月はあっという間に過ぎて、初めての給料日が来た。一人ずつ社長室に呼ばれて給料袋を手にするのである。

寛治も呼ばれて社長室で給料袋を手にした。高校のころ印刷所でアルバイトのようなことをして金をもらったことはあるが、給料というのは初めてだ。

「食費として二千円は引いてある。最初は少ないかもしれないが、まだ試採用中だからな。一生懸命に働けばそれだけの報いはするから、頑張ってくれ」

と、社長は言った。寛治は頭を下げて社長室を出た。袋の中身を確認すると明細書が入っていて、二千円ほどが入っていた。

二

毎日が頭を使わない単純労働であったが、三か月の試採用期間があっという間に終わった。他の少年たちは業務部に配属され、寛治だけが編集部に配属になった。編集部は『旭少年』担当と、絵本編集部と、単行本編集部に分かれていた。寛治は高校時代の雑誌作りの経験が買われたのだった。だが、編集部付で、絵本や単行本の原稿をもらいに行くようなことも手伝わされるのであった。

準社員の今田良夫が『旭少年』の副編集長格で、寛治は取りあえずその下に所属することになった。けれども、寛治のほうが編集の知識は豊富で今田から度々相談を受けるような始末だった。

寛治は競争誌以外にも、少女雑誌なども読み、『旭少年』を売れるようにするにはどうすればいいのか考えていた。彼は幼い時に遊んだ日光写真を付録につけることを提案した。編集部の誰もが田舎出身者ばかりなので日光写真を知らなかったのだ。これには寛治は驚かされた。田舎では日光写真など流行《はや》っていなかったらしい。

この付録のおかげで売れ行きが少し伸びた。すると、今度は皆が寛治の企画を期待するようになった。こうして、彼は一人前の編集部員として活動するようになった。作家や挿絵画家のところへ、原稿をもらいに行くのがほとんどだったが、仕事としては倉庫で返品整理をしているよりずっと楽しかった。小学生のころ親しんでいた読み物や、絵の実物が自分の手で持って帰れるのだ。

作家の原稿は殆ど締め切りの日にはできていて、家に伺うと玄関で原稿を袋に入れて渡してくれた。画家の場合は待たされることもある。座り机に向かって筆をなめなめ描いているのを、脇に座って待っているのも、制作現場が見られて楽しかった。

ある時、絵本の女性編集長に頼まれて、ある画家のところへ絵をもらいに行った。画家は六十歳に近い上品な人で、見事に丁寧に断られた。

「まだできていないから、少し話して行きなさい」

と、画家は縁側に腰かけて言った。隣にはこれも上品な女性が和服姿でにこやかに腰かけている。

「きみはマージャンをやりますか」

「学生時代に誘われてやったくらいです」

と、寛治が答えると、

「そう。わたしはパイを持ってくるとき、親指の腹で触るだけでパイが何かわかるんだ」

と、画家は笑って言った。

「それじゃあ負けませんね」

と、寛治が言うと、

「だから、この頃面白さがなくって遊ばないんだよ」

そんな雑談を二十分ほどして、手ぶらで帰されてしまった。社へ帰ってその話をすると、編集長は、

「あの先生はそうなのよ。締め切りを守ったことがないの。でも、決《けっ》して嫌な感じがし

ないでしょ」

後で知ったのだが、この画家は戦前の少女雑誌界で一世を風靡した詩人で、叙情画家なのだった。寛治は少女雑誌などは見たこともなかったから、そんな有名な人とは知らなかったのである。

『旭少年』の売れ行きは芳《かんば》しいものではなく、そのころになって、社長がやっと編集長が無能なことに気付いた。そして、森崎輝夫という人を連れてきた。三十歳くらいの人で、雄弁社で戦前に編集部に勤務して、戦後興した出版社にいたが、会社が潰れて浪人をしていたという。そのせいか、髪を首の後ろでざっくり切って、剣術でもしそうな風貌だった。

寛治は毎日楽しく働いていたが、時折、若い画家から原稿料の催促を受けるようになった。年配の先生には原稿料のことは言われなかったが、若い人は生活がかかっているのだ。社に戻って編集長に伝えたが、重役であるのに、彼はわかったわかったと言うだけで、なしのつぶてであった。原稿をもらいに行く身には辛いことであった。

そして、しばらくすると、今度は給料の遅配が始まった。

ちょうどそのころだった。新聞に上野動物園の調査課長がアフリカに行って、動物の珍しい生態を体験してきたという話が載った。日本ではまだ外国、特にアフリカは未知の国のように思われていたから、新聞各紙は体験談を載せたのだ。編集部では『旭少年』にもこの人の話を聞くという記事を載せようということになった。座談会形式で、聞き手を小学生にして。

その話を調査課長に掛け合うと、とても忙しくて時間が取れないという。それでは新聞などでお話になったことをまとめて、子供向きに座談会風にしてもいいかと訊くと、奥さんを通していいという返事だ。寛治は新聞記事から子供向きになる部分だけを抜き出して、いかにも子供たちが尋ねたような記事にして、見せると、よろしいという。早速通信社で写真を買い、子供たちの写真と組み合わせて六ページほどの座談会記事に仕立てたのであった。

寛治は自分でも、読者をだますようで気が引けたが、読者の反響は悪くなかった。寛治は編集者としての自信を持った。付録でも寛治は蓄音機を提案した。

雑誌には工作のページがあり、四ツ谷駅近くの小学校の図工の先生に毎月原稿を依頼していた。寛治はこの先生に蓄音機の付録がつけられないかと相談すると、先生は身を乗り出してきた。面白いからやりましょうということになった。

雑誌は取次店を通して全国の書店に届けられる。書店までは国鉄の貨車で運ばれるので、国鉄の規則で付録の材料はいろいろ決められている。例えば金属や木の板はダメとかいう制約があるので、苦労の連続であった。

そこで針は竹製のものを使い、手でレコード盤を回すようにするのである。こうして試行錯誤の末に、紙製の蓄音機の試作品ができて、編集部でお披露目をした。童謡が何となく聞き取れたので、皆は大喜びした。

「これは画期的な付録だ。売れるぞ」

早速派手な予告ページが作られた。こうして話題になったが、いざ大量生産となると出来が悪く、音が出ない。せっかくのアイデアも無残な結果になってしまった。ところが、その直後、大手で出している競争雑誌が同じような蓄音機を付録にして、こちらは出来が良かったので、『旭少年』は完全な敗北を喫してしまったのであった。編集経験者の力と資本力の差を実感する結果になった。

榛名出版は『旭少年』の赤字も重なって、いよいよ窮地に立たされていた。戦後にできた出版社が次々と潰れていくのを耳にするようになった。

寛治はどこかに知り合いがいれば頼んで、別の会社に移りたいという思いが強くなっていた。しかし誰も頼れる人などいないのである。そうかといって田舎には戻れない。悶々の日が続いていた矢先、ある漫画家のところで、寛治は思わぬことを言われた。

「どうだい、仕事はきついかね。原稿料が滞っているところを見ると、きみも大変だろう。もし、その気があるなら、いいところを紹介してあげるよ」

「本当ですか。有難うございます。よろしくお願いします」

「それじゃあ、今景気がいい岡崎書房がいい。連絡しておくから、編集長の大林竜二さんを訪ねて行きなさい。いい人だから。戦前に雄弁社で幼年雑誌の名編集長と言われた人だよ。岡崎書房は景気がいいから、入れたらきっといい仕事ができる」

「はい。よろしくお願いします」

寛治は、よろしくお願いしますと、何回も言って漫画家の好意に感謝した。

岡崎書房は神田神保町にあった。スイスかどこかにある山小屋のような作りの二階建ての社屋の一階を使っていた。入ってゆくと十人ほどの社員が目に入った。応対に出た女性社員に、編集長の大林竜二さんに会いに来たと告げると、どうぞと奥まった机に案内された。

大林編集長は小柄な穏やかそうな人だった。寛治はこの人の下だったら一生懸命働けると思った。漫画家からは話が通じているようだったが、

「どうですか。仕事は面白いですか」

「はあ、なかなか難しいですが面白いです」

「そうですか。『旭少年』とはうちの内容は随分違うでしょう」

「でも、売れているのは内容がいいからではないですか」

そんな当たり障りのない会話でその日は帰った。紹介してくれた漫画家に、そんな話をすると、

「通いなさい。熱意が相手を動かすから」

と、言われた。しかし、それから二回ほど通ったが、結果は同じだった。また、漫画家に相談すると、

「そうか、それじゃあ社長にアタックするんだね。ワンマン社長だから、大林さんにはきっと決定権がないんだ。社長の自宅へ行くといい」

教えられたように寛治は社長の自宅を夜訪問した。社長はまだ帰っていなくて、奥さんにもうそろそろ帰って来るから待つようにと言われた。

応接間で待っていると、酒の入った社長が帰ってきた。大林編集長を訪れたとき、ちらっと目にした人で、すぐ社長だとわかった。

「おお、待ってくれていたのかい。わが社に入りたいのか。あまり褒められたような雑誌じゃないけどいいのかい」

寛治は何と答えてよいのかわからないから、ただよろしくお願いしますと言った。大林編集長から話してあったようだった。それで彼の入社が決まった。

早速、ウイスキーを持って、紹介してくれた漫画家のところへお礼に行った。

「そう、それはよかった。あそこは若い編集者がいるから、きっと気が合うと思うよ」

そう喜んでくれた。

寛治は早速、榛名出版の寮生活から出て、護国寺近くにある家の一間を借りて生活することになった。二畳の部屋だが、寮生活より身軽になったような気がした。ここに仮住まいすることが決まってから、退社することを告げると、編集長が残念がった。自分が泥沼から抜け出せないことを知っているからだ。無能な役員だからこんな状態になったのだと気づいていないようであった。

三

神田神保町の会社までは都電一本で行けた。

最初に与えられた仕事は、一ページに四枚の写真を割り付けることだった。大林編集長から写真四枚が渡されて、

「これに適当な説明を付けて一ページに仕立て上げてくれ」

と、言われた。寛治はこういうことは得意だったから、すぐ書き上げて編集長に渡した。編集長はそれを見ると満足そうに言った。

「おお、なかなかいいな。すぐ印刷所に渡そう」

編集長は寛治の力を試すつもりだったが、意外に出来がいいので驚いたのだ。今うちにいる若手より力がありそうだと思った。

編集長は皆がいないときに、社長に寛治のことを言ったらしい。あれはなかなかの拾い物ですよと。

寛治はすぐに若手と仲良くなって、孤立するようなことはなかった。

雑誌は『探偵団』といい、売れ行きを伸ばしていた。『旭少年』は単行本と一緒の

Ａ５判サイズだが、『探偵団』はＢ５判サイズで週刊誌と同じ大きさだったので、絵を見るにはいい。そのせいか、内容は小説よりは絵を多く使った絵物語というのが多い。絵物語というのは一ページに四コマほどの絵が入り、その横に数行の文章が入る。紙芝居のようなものである。それも売れ行きの良さの一因かと思った。

そして、いい売れ行きの結果が出ると、大入り袋が出た。また、社員が一人で宿直をすることになっているが、所帯を持った社員は宿直を嫌がった。宿直をすると宿直手当が出たので、懐の寂しい若手は宿直手当目当てに、喜んでそういう社員と代わった。

宿直といっても皆が帰った後の机の上に布団を敷いて寝るのである。朝起きると、布団から染み出した汗が人型に机の上を濡らしていた。

寛治も頼まれて宿直を代わることがあった。榛名出版で慣れているから、宿直の翌朝の掃除などは少しも苦にならなかった。それより宿直代で贅沢な朝食をとることができるのを喜んだのだ。一か月もすると、寛治は編集部にはなくてはならない一人になっていた。

会社の建物の二階には別の出版社が入っていた。出しているのは芸能ニュースを中心にした雑誌『ハッピー』で、この種の雑誌は戦後たくさん出版されていた。『ロマンス』というのがしばらく全盛を誇っていたが、やがて潰れ、『平凡』というのが躍進していた。

年末に近いころのことであった。『ハッピー』が潰れるという話が広がった。普通、雑誌の新年号はよく売れるので、平月号の二割増しの部数を発行する。『ハッピー』もそうしたという。ところが、取次店に配本するそばから返品が続いたのだという。前代未聞のことであった。こうして、ハッピー社はあっけなく潰れてしまった。

ハッピー社が潰れたことは、寛治には恐ろしく思われた。出版事業というのは、ちょっとした計算違いでこんなにも簡単に潰れるものなのか。漏れてくる話によると、社長も編集者も素人の集まりだったというのだ。社長は何の経験もなく、戦後儲かりそうだというだけで人を集めて出版を始めた。集めた人も経験者ではなく、近所の知り合いとか、軍隊時代に同僚だったといった関係者だったという。そういえば、榛名出版にも軍隊時代の同僚だったというのが役員にいたのを寛治は思い出した。

そこへ行くと、岡崎書房は社長も編集長も戦前に大きな出版社で編集者として活躍していたから、素人の集まりとは違う。特に編集長は雄弁社で幼年雑誌の名編集長だったという。しかし、そういうそぶりは少しも見せず寛治たちに接したので、編集部は和気あいあいとしたものだった。

戦後出版に携わっている人は、特に編集に携わっている人は、ほとんど戦前は雄弁社とか大学館で編集をしていた人だということを寛治は後に知った。それでも雄弁社出の人たちが作った会社は潰れるものが多かった。特に子供向けの雑誌の編集はそれだけ専門性が求められていたのかもしれない。

寛治の月給は、以前とあまり変わらなかったが、昼食代や宿直代がもらえたので、生活はずっと楽になった。雑誌のほうも売れ行きが好調だった。本や雑誌は委託販売で、取次店という卸問屋に依頼して全国の本屋に届ける。雑誌が売れ残った場合は三か月の間に販元に返品されてくる。彼の会社の場合は、返品が五パーセントより少ないと、大入り袋といって小遣がもらえた。寛治はそういうお金をきちんと貯めて、不時の出費に備えた。

彼の借りていた部屋は二畳であったが、狭さもさることながら、他人の家の部屋住まいは自由がない。朝のトイレも我慢して、会社で用を済ますのである。洗面も会社でするのであった。こういう不自由さは耐えられないものだ。それで、ある程度金が貯まったら、彼はアパート住まいをしようと決めていた。

仕事で漫画家の家に向かう途中、建てかけのこぢんまりしたアパートが見つかった。半月もすれば出来上がるという。二階建てで六畳の部屋一つと四畳半の部屋七つになるようだ。大家も品のいい年寄りで、寛治の申し出を喜んでくれた。部屋代はぐんと上がるが、自由がほしくて、寛治は二階の四畳半を予約した。

寛治が新築のアパートの一室に転居するのと同じころ、会社も利益を上げて社屋を新築することになった。九段下の大通りから少し入ったところで、静かな環境であった。鉄筋コンクリートの二階建てであった。建つ前に皆で見に行ったが、自前の建物がまぶしく見えた。出版は当たれば、ひと財産作れるものだということを寛治は目の当たりにした。ハッピー社のように失敗すれば一晩で潰れてしまい、その会社の社長は一人で細々と文具販売の御用聞きをしているという、惨めな状態でいることも寛治は知ったのであった。

四

新しい社屋は社員の気持ちも奮い立たせたようで、雑誌も益々売れ行きを伸ばしていた。どちらかというと、熱中するタイプの寛治は、自分の関わっている雑誌が売れているのが自信にもなって、競争雑誌や新人漫画家の描いた単行本などを熱心に読んで、有望な新人発掘などに熱中した。

売れている競争雑誌にはそれ相当の理由があると思うのだ。彼は会社にある漫画の単行本や、競争雑誌を読んだりして夜遅くまで過ごすようになった。

一階には編集部と営業部が入っていて、寛治のほかには営業部長の川谷が夜遅くまで机についていた。社長の腰巾着のような男だと皆が噂していたので、夜遅くまでいるのだろうと寛治は思った。

ある時、そんなところへ、社長が出先から戻ってきた。銀座辺りで酒を飲んだ帰りのようであった。真赤な顔をしている。

「おお、まだ仕事をしていたのか」

そう言って、社長は嬉しそうであった。寛治は社長がなぜ嬉しそうなのかわからなかった。

翌日、社長が編集部の皆を前にしてこう言った。

「昨夜わしが帰って来ると、電気が一つしか灯《とも》っていなくて、一人しか仕事をしているのがいなかった。帰り道で大学館の前を通ると、全館煌々と電気が灯っていて、残業をしているのがわかった。君らは雑誌の売れ行きが少しいいからといって、天狗になっているんじゃないのか」

皆は首を垂れて黙って聞いていた。どうやら、社長は社員に残業をさせたいようであった。社長はそれだけ言うと、二階の社長室に入って行った。社長がいなくなると、編集部の皆は、残業すれば売れる雑誌が作れるのかと騒いだ。

大林編集長が苦笑いをして、皆をなだめるように言った。

「まあ、あまり気にするな」

「残業すれば雑誌が売れるのか。わからないなあ」

と、副編集長が言って、それで終わった。

雑誌は連載している漫画『黒帯大将』が爆発的人気で、売れに売れていた。販売部員が取次店に見本の雑誌を持ってゆくと、係の者が真っ先に『黒帯大将』を読むという。大の大人が夢中になるのだから、その人気は言わずと知れた。そういう話は編集部を元気づけた。

社長は時折思い付きで編集部を混乱させた。雑誌ができると自宅へ持って帰り、娘に読ませるらしい。娘はちょうど読者層と年齢が重なっていて、読むと父親に感想を言うようだ。

「娘はこう言っていたぞ」

そう言って、誤植を指摘したり、どの作品は面白くなかったとか、グラビアページには俳優の誰それの写真を載せてほしいと言ったりした。俳優というのは少女の間で人気になっていたが、編集部は少年雑誌に相応しくないと採用しなかったのである。そういうことが社長には面白くないらしく、何かと編集部員に当たり散らすのだった。

寛治が榛名出版で『旭少年』の編集をしていたころ、付録は組み立て付録というのが主流であったが、最近では種が尽きたのか、そんな付録では満足しなくなったのか、漫画の本に変わっていた。

本誌ではせいぜい漫画は二十ページくらいだ。そこで面白い漫画を別冊にして付録につけることを、いつの間にか各誌とも始めていた。それらは本誌の半分のサイズではあったが、九十六ページもあったから、読者にしてみれば満足のいくものだった。

予告ページの締め切り間際のことだった。社長が編集部に来て、

「別冊付録をもう一冊つけろ。二冊にするんだ」

と、言った。編集部員は皆真っ青になった。いつもの無茶だったが、他誌は付録は一冊だから、確かにいい案に違いない。しかし、原価のことを考えると無理だ。

「営業部長、どうだ、付録をもう一冊つけても、原価は取れるな」

と、言われた営業部長の川谷は、

「はあ、社長が言われるなら、何とでもいたします」

それで二冊は決まった。社長が言うのだから反対はできない。有力漫画家は皆手いっぱいで、急な注文は無理だ。そこで寛治が見つけた新進の漫画家に頼むことになった。新進の漫画家は快く引き受けてくれ、翌月の号は見事他誌を圧倒した。また、大入り袋がもらえたのだった。

「社長のご英断は素晴らしかったですね」

と、営業部長が言うと、

「わしも昔は編集者だったからな。カンが当たるんじゃ」

と、社長は満足そうであった。

五

主力の雑誌『探偵団』の売れ行きがいいので、社長は幼稚園児向けの雑誌を出すことを決めて、寛治に編集長を命じた。寛治は全く自信はなかったが、大林編集長が助けるからと言うので、やってみることにした。大林編集長が昔のつてでいろいろな童画家の家に連れて行って紹介してくれた。いずれも大家ばかりだった。

だが、いざ競争雑誌を調べてみると、大学館や雄弁社が大部数を出していて、その間に食い込むのはなかなか大変であることがわかった。更に幾つかの幼稚園を訪問してみると、市販していない雑誌ががっちり幼稚園児に食い込んでいることがわかった。大印刷会社の子会社が発行していたり、幼稚園専門に食い込んでいる出版社もある。

社長は、「特色としてアメリカン・コミックのような原色を使った絵を入れろ」と言う。市場に出回っている幼稚園児向け雑誌の絵は、ぼやっとしていて迫力がないと言うのである。それを言うと、どの童画家も婉曲に反対と言う。絵描きさんに反対されては雑誌は成り立たないから、寛治は社長の意見を黙殺することにした。

やはり幼稚園児向けの後発雑誌は無理で、何か月も努力したが売れ行きは伸びない。

寛治はその責任を取って編集長を辞した。社長はそんな弱気でどうすると言って励ましたが、後を継いだ編集長も売れ行きを伸ばせず、結局二年もせずに廃刊ということになった。

しばらくして、社長は編集部員に「献言ノート」なるものを出させるようになった。どんなことでもいいから、言いたいことを書くようにという。大学館時代にそうしたノートを出させる経験があったらしい。

寛治は早速調べていたことを書いた。児童数は男も女も同じくらいいるのに、発行されている少年雑誌より少女雑誌が圧倒的に少ない。ということは、まだまだ少女雑誌を出す可能性があるのではないか、と。

この寛治の提言を読んで、社長もその気になった。『探偵団』一誌に頼っているのでは経営が安定しないと考えていた矢先だったからだろう。社長は編集出身だけあって決断も早かった。そして、少女雑誌編集部を作った。言い出しっぺの寛治も少女雑誌編集部に入った。社長は少女雑誌をするなら、宝塚歌劇くらい見ておけと、部員を見に行かせた。寛治は宝塚歌劇を見るのは初めてだった。見て、これが女性の感覚に合うのがよくわかったのだった。

競争誌を調べてみると、少女雑誌では写真が重要なことだとわかった。それで、急きょ写真部員を募集することになった。写真専門学校卒を二人採用し、写真部長は『ハッピー』の編集長だった生田健司が採用された。生田は大学館時代の社長の知り合いで、写真が趣味だったらしい。現在は他の出版社でくすぶっていたのである。

さらに洋裁学校出の女子も採用した。少女雑誌は童謡歌手や児童劇団の少女に負うところが多いので、副編集長と寛治たちは関係の部署に挨拶回りをして関係を密にした。雑誌『すみれ』は順調にスタートした。表紙のモデルは童謡歌手の中から選んだ。小学校五年生で、母親が付き添いでマネージャーの役をしていた。こういう母親をステージママというのだということを知った。また、こういう母親同士にもライバル関係があって、いろいろな噂を聞いた。

中に有名なバイオリニストとドイツ人の女性から生まれたハーフがいて、ライバルといわれた子と雑誌のグラビアに載った顔写真の長さを測り、我が子の顔が短いと、雑誌の担当者に文句を言ったというような話も聞こえてきて、女の執念に怖気を感じたりしたが、寛治は仕事が楽しくてならなかった。大林編集長が少女雑誌の編集長も兼ねていたので、寛治は存分に仕事に打ち込むことができた。

写真物語というのも担当した。作家に母物のような小説を頼み、いじめられる主人公の少女に少女歌手をあてて写真を撮り、掲載するのである。まるで映画のワンシーンを演出するようで、寛治は楽しかった。付録も付けた。国鉄の規制で紙以外の材料を使えないので、紙製のバッグを付けたりした。

イラストレーターなど関わっている人はほとんどが女性だったが、中には男性もいて、この人たちはいずれも女性っぽくて、話をするにもなよなよしていた。女性の編集者も帰ってきては、何だか気持ち悪いわと言ったりした。

『すみれ』の売れ行きも悪くなく、社全体が活気に湧いていた。

六

しかし、ここに突然おかしなことが起きたのだった。社長が親類の人を連れてきて、大林編集長の上に編集局長として据えたのである。編集部全体が雰囲気を変えた。

「大林編集長の人気が高いので、社長が焼きもちを焼いたのだろう」

と、皆は噂した。大林編集長も嫌気がさしたようで、退社することとなった。寛治た

ち若手は、大林編集長が新しいことをやるなら、一緒にやりたいと大林に言ったが、大林は、

「そう言ってくれるのは有難いが、今すぐ何をするというのではない。休養したいだけだよ」

と、若手に自制を求めるのだった。大林がそう言うのであれば、若手も引き下がるよりほかなかった。

半年もしたころ、大林編集長が少年雑誌を出している弱小出版社に招かれたことが知れた。寛治たちはちょっとがっかりした。

だが、それは手始めに過ぎず、やがて、新しい型の大人向け週刊誌を始めたのであった。大手の出版社が一流の漫画家を起用して、大人向け漫画の季刊誌を出していた。大林はB級といわれる漫画家を起用して大人向けの漫画週刊誌を出したのであった。版元が弱小出版社だったので、大した宣伝もしなかったから、最初は売れるかどうか、皆半信半疑であったが、次第に売れ始めた。大林は資本力に頼ることなく、アイディアで勝負するタイプの編集者だったのである。

この成功で、弱小出版社は中堅の出版社として認知されるようになった。一方、寛

治たち残された若手編集者たちはうつうつとした日を送っていた。寛治は少女雑誌が性に合っていたので、まだ救われたが、そうでない者は何かがあれば、爆発寸前の状態だった。社長の締め付けが厳しく、残業も多いし、編集者は日曜も出勤させられた。用がなくても出勤しろというのである。出勤すれば仕事はある、仕事は見つけるものだと言う。

「独り者は洗濯物もたまって日曜に洗濯もしなければならないんです」

と、寛治が言うと、洗濯など夜にすればいいと言うのだった。

副編集長は点数を上げようとして、寛治たち若い編集者に日曜出勤を強いた。寛治は腹が立って、昼頃に会社に行った。すると、副編集長は、

「こんな時間に来るなら、来なくもいい」

と、怒鳴った。寛治は余計腹が立って、そうですかと言って、帰り支度を始めた。これには副編集長も慌てて、帰るなと言った。もっと早く来いってことだと、言い直したので、寛治もふてくされて机に向かったのだった。

そんな矢先、大林が在籍する出版社を又出るという話が伝わってきた。経理畑出身の経営者と衝突したらしい。

寛治と若手の浜田は早速大林の家を訪ねて、大林の今後をたずねた。大林は単に経営者と衝突したのではないと言う。

「今計画していることがある。それを自分たちの作る会社でやりたいのだ。売れる雑誌を作っても、資本家に利益が行ってしまうのはつまらないじゃないか。だが最初から利益が出るわけじゃない。だから軌道に乗ったら君たちにも応援してもらいたい」

と言うのだった。

「大人向けの雑誌を出すことに自信がついた。漫画雑誌ではないものを計画している。まだ、発表はできないがね」

「それじゃあ、創刊に参加させてください。二人とも大林さんに将来を賭けているんです」

「めどがつくまで待ってくれないか。今、事務所を借りて仲間と会社を作ることをしている。おれを含めて三人でやるわけだが、交代で社長を務めるような新しいことを考えている」

そういう新しい方針は若い二人を感動させた。二人は大林の家を辞すと、会社を辞めようと話し合った。

「すぐにあてはなくても、大林さんのところへ行こう。失業保険で食いつなげば何とかなる」

こうして、二人は翌日社長室に向かった。

「何だ、どうするって言うんだ」

社長は不機嫌になって寛治に言った。

「辞めたいんです」

寛治はそれだけ言った。彼は今まで社長にそんなことを言ったことはなかっただけに、社長も仕方ないと思ったようだった。寛治が社長室を出てくると、続いて浜田が入った。浜田が辞めたいと言うと、

「おまえもか」吐き捨てるように言った。「おまえはおれの故郷の隣の県から来たから、今まで目をかけてやってきた。そうか、辞めたいなら辞めればいい」

「長い間有難うございました」

二人は総務部と経理部でいろいろな手続きをすますと、身支度を調えて会社を後にした。同僚たちはどうなることかと不安そうに二人を見送った。

「おれは飲んでから帰る。小日向はどうする」

浜田が言うのに、寛治は映画でも見て行こうと思うと言った。

「じゃあな。また会う日まで」

寛治は翌日新宿の職安に行って手続きをした。幾らかの貯えがあるからすぐに困ることはないが、大林の新しい会社がいつ仕事を始めるかまだ未定だ。

二日ほどして同僚だった野沢が会いたいと言ってきた。指定された御茶ノ水駅近くの喫茶店に行くと野沢が待っていた。

「やあ、何の用だい」

と、寛治が言うと、野沢は、

「威勢よく会社を辞めると言ったそうだが、思い返さないか」

「何でまた。あんたには関係ないじゃないか」

「社長が残念がっているんだ。身分も主任にするからと言っている」

やっぱり社長に言われて来たのかと寛治は思った。それにしても、主任なんて身分は知らなかった。結局給料を多少上げてやるということなんだろうが、そんな問題ではないのがわかっていないのか。

「あんたには気の毒だが、おれ、思い返さないよ」

野沢はがっかりして帰って行った。

一度目の職安での失業手当をもらった翌日、大林の事務所が万世橋にあることがわかった。

事務所というのは、三階建てのビルの一階にあった。一階の表に面して古本屋があって、横の細い通路を通るとガラスのはまったドアがある。寛治は待ち合わせていた浜田とドアを開けた。中に入ると机が二列に並んでいて、壁を背にして三人の机にそれぞれ大林と、同じ年配の人二人が座っていた。この人たちが交代で社長を務めるという役員なのだろう。ビルの裏には近くのビルの裏が迫っていて、窓からのあかりが部屋に差し込んでいるが、中は薄暗くて陰気な感じだった。寛治には何か先行きが暗いように思われた。大林が二人を役員に紹介した。

「まだ準備中だというのに、来てくれたんだ」

「それは有難いなあ。よろしく頼むよ」

「いいんです。僕らは押しかけアルバイトですから」

と、二人が応えた。そばにあった机にかけると、話しぶりで役員の二人と大林の関係がわかってきた。どうやら、いずれも雄弁社時代の友達らしい。額の禿げあがった人は桜井と言い、ねちっこい話し方で、寛治は好きになれなかった。

「ところで、ちょっと困ったことになったんだ」

と、大林が言った。それによると、彼が計画していた週刊誌はアメリカの『トルーストーリー』の日本版だという。ところが、その近辺の日本語タイトルが登録されていて、使えないと言う。雑誌のタイトルはその体を表すから重要だ。題号登録を調べていなかったのは、大林にしてはうかつであった。

役員のもう一人の鯨岡は黙っていたが、桜井が言った。

「それなら、『ハニー』はどうだい」

『ハニー』は一時期爆発的売れ行きだったが、それも長くは続かず、今では誰からも忘れ去られているタイトルであった。桜井はそこで社長を務めたのだった。会社を潰した桜井は隠れるように生活をしているらしい。大林が語ったところでは、もう一度、桜井を男にしてやりたいのだという。

ほかには名案がなく、『週刊ハニー』にすることになった。寛治はこの段階でこの計画は成功しないだろうと思った。浜田も同じ考えのようで、渋い顔をしていた。しかし、計画はどんどん進んで、創刊号が始まった。内容は大林が前の会社で集めていた持ち込みの原稿をもとに手を加えたものだったから、寛治が読んでみてもこれで売れるのか疑問だった。

寛治は、ラジオで七色の声と人気が出てきた女性の芸能人をインタビューして、記事にした。著名人のインタビューで緊張したが、できは悪くなかった。

内容は寛治と浜田の二人がほとんどを割り付けして創刊号ができた。『週刊ハニー』というタイトルが今に受け入れられるかと思ったが、やはり心配した通りになった。寛治と浜田は少しばかりの小遣い銭をもらって大林たちと別れた。

「君たちはしばらく辛抱してくれ。自分で新しい道を開くのもいいし、どこかで一時凌ぎをしていておれが再起するのを待っていてくれてもいい」

と別れ際に大林は言った。

七

寛治が神保町を歩いていると、偶然、森崎輝夫と出会った。森崎は以前、榛名出版で一緒になったことがある。相変わらず、壮士風の髪をしている。

「おい、今何をしてるんだい」

と、森崎は言った。寛治が岡崎書房を辞め、大林の許で『週刊ハニー』を手伝っていたが、解散して今では無職だと言うと、近くの喫茶店に誘われた。話があるという。

「おれは榛名出版で最後まで付き合ったが、結局潰れて、今は『昭和少年』の編集部にいる。どうだ、うちに来ないか」

『昭和少年』には「少年剣士」という漫画が掲載されていて爆発的売れ行きだった。

「『昭和少年』と言えば、凄い売れ行きじゃないですか。僕なんかがどうして必要なんですか」

「まだ、内緒なんだが、今度少年週刊誌を出そうと計画しているんだ。どうしても有能な編集者が必要なんだよ」

「そうですか。有難い話ですが、社長はどんな方ですか」

「温厚な人だよ。戦前に大学館で営業部長を務めた方だ。君がオーケーなら、社長に話しておく。なるべく早くここに連絡してくれ」

と言って、名刺を渡された。社長が温厚な人で、雑誌も売れ行きが好調な会社ならいいかもしれない。どんな会社なのかも知りたかった。翌日、森崎に連絡して会社に行くことにした。

水道橋駅近くの交差点を渡り、小高い丘を上る。坂を上ってゆくと左手に能楽堂があった。上りきると右手に水道橋の駅が見下ろせた。もし勤めるとなると、これから毎日ここを上ることになるのかと思った。

会社は木造の倉庫を改造したようなところに事務所があり、後ろに二階建ての鉄筋コンクリート造りの建物が見えた。森崎に連れられて社長に会った。ちょっと目の鋭い、しかし温厚な感じがする五十がらみの人であった。編集経験を少し訊かれただけで入社が決まった。給料の額も何も訊かれなかった。

暮れが近づいていた。営業部の人が話しかけてきた。人懐こい人で、年も寛治と同じくらいに見える。

「小日向さん、ボーナスきっともらえますよ。二万円かな。僕の時もそうだったから」

「まだ入りたてで、ボーナスなんてもらえませんよ」

と、寛治が答えた。しばらくしてボーナスの時期になり、彼の言う通り寛治もボーナス二万円がもらえた。なんて優しい社長なのだろうと寛治は感謝した。

編集長は倉本といい、この人も口を開けばとつとつとしゃべり、純朴といった感じで寛治は好感を抱いた。雑誌『昭和少年』は、連載している「少年剣士」の人気でぐんぐん部数を伸ばしていた。毎月の返品もゼロという売れ行きだった。

それにもかかわらず、五時になると誰がいても、「お先に失礼します」と、帰ることができた。残業はほとんどなく、土曜は半日、日曜は当然のように全員休みだった。岡崎書房とは打って変わって自分の時間が持てて、しかも給料は岡崎書房のときよりずっと多かった。

入社して間もなく、寛治は会社が本社ビルを建てる計画であることを知った。しかも、その場所は岡崎書房と道路を隔てて斜め前なのだ。何とも皮肉なことだと寛治は思った。

五階建て地下一階の本社ビルが建ったのは翌年のことだった。連載漫画「少年剣士」の利益だけで建ったようなものなので、人々は「剣士ビル」と呼んだ。以前、雄弁社は戦前十大雑誌を出していたが、その一か月の利益だけで本社ビルが建ったと聞いたことがある。出版という事業は、当たれば大きいが、外れるとハッピー社のように一夜にして消え去ることもある。まるでばくちのような感じである。

昭和少年社での生活に慣れてくると、寛治は夏の三日間の夏休みに、一人旅行を楽しむようになった。土曜の午後に出ると日曜を入れ四日間休めたから、かなり遠くにも行けた。富山から合掌造りの集落である白川郷も訪れたことがある。峠に差し掛かって休憩したバスから降りると、合掌造りの家々が俯瞰できて、彼は感動した。出雲大社や金沢の兼六園も楽しんだ。旅行は彼の心を和やかにした。

平日は夜、時間があるので、小説を読んだ。特にアメリカ文学が彼の心をとらえた。そのうちに、原書で読みたくなった。それには英語を学ばなければならない。時あたかも東京オリンピックを控えて、街中には英会話教室がたくさんできていた。彼は会社の帰りに寄れる教室を選んで学ぶことを決めた。

一週間に四回、毎回一時間ばかりみっちり学んだ。アメリカ人軍属がアルバイトで教師を務めていた。「牛乳は牛からとれる」というのを英語では何というか、とアメリカ人教師が訊いた。生徒は「ユウ　キャン　絞る　ってなんて言うんだろう」などと首を捻っていると、教師は「Cow gives milk（カウ　ギブス　ミルク　牝牛が牛乳を出す）と言うのだった。寛治は胸を突かれた。これだと思った。日本語と英語の考え方の違いを学んだのである。

『昭和少年』も「少年剣士」の連載が終わると、他の連載漫画の力が弱く、次第に売れ行きが落ちてきた。そんな関係もあって、少年週刊誌を出すことになった。雄弁社や大学館で先行して出している少年週刊誌の成績がいいことが刺激となったようであった。少年雑誌を出している出版社はどこも週刊誌の時代が来ていると考えている。しかし、編集部の力から考えると、昭和少年社にはそれだけの力がないように寛治には思えるのだ。

一方、斜め前の岡崎書房では、人気漫画「黒帯大将」の連載が終わると、これもまた雑誌『探偵団』の売れ行きが落ち、少女雑誌も売れ行きが悪く、両方とも廃刊になっていた。そして小学生向けと中学生向けに出した雑誌も売れ行きがさっぱり上がらず、すぐ廃刊になっていた。

そのころ寛治のところへ今治清二から電話がかかってきた。今治は岡崎書房で少女雑誌を出すとき採用されたカメラマンだった。

「小日向さん、助けてよ。とても岡崎書房にはいられないよ。わかるでしょ」

「まあな」

寛治は岡崎社長のワンマンぶりを思い出して、今治の言うことを理解した。彼は昭和少年社に誘ってもらいたいと言うのだった。

寛治は森崎に話し、社長に話してもらった。すると、少年週刊誌を出すことを考えていた矢先だったので、今治を採用することになった。

岡崎書房でもいずれ週刊誌を出すと噂されている。昭和少年社もライバル意識が強く、

「向こうが出す前に出さなければ」

と、役員が編集部にはっぱをかけ、寛治は月刊誌の編集部から引き抜かれて週刊誌の準備に取り掛かるよう命じられた。

寛治も急に忙しくなった。執筆陣との内容の打ち合わせやら、編集会議やらで結構忙しくなった。毎週こういう状態が続いたら、どうなるだろうと心配したが、創刊号が出てしばらくすると、もう毎週のペースで慣れた。

しかし、そのうちに編集長と意見が合わなくなってきた。編集長は、雄弁社の週刊誌の真似をしたがった。寛治にはそれが嫌であった。編集は独自で行きたいのである。

そして慣れた仕事にも興味を失った。そこで、彼は新しい雑誌を考えるようになった。新しい雑誌は、少年誌の年齢層より上の青年層を対象とする漫画主体の雑誌が成り立つのではないかと考え、倉本総編集長に提言した。倉本も彼の企画に賛成し、社長も

雑誌が増えるのを望んでいたようでＯＫが出た。編集者も少人数でできる点、彼の企画に乗りやすかったのだろう。

今度は月刊だったので、時間的には楽であった。

そこで、いちじ英会話学校を休んでいたのを又通い始めたのである。すると、無性に英語を本格的に学びたくなった。それには独学では難しい。考えた末、定時制大学に行こうと思ったのだ。夜学である。近くのＨ大学に定時制がある。ここを受けようと思った。

早速高校の卒業証書を取り寄せた。試験を受けるとなれば会社の勤め時間を何とかしなければならない。たまたま彼が企画した雑誌の売れ行きが頭打ちになっているので、責任を取る形で、寛治は会社にそのことを訴えようと考えた。簡単には許可が出ないだろうと思ったが、寛治は倉本編集長に大学の夜間部に行きたいので時間の取れる部署に代えてほしいと申し出た。

「それは困ったなあ。きみのように新しい企画を出す人間はいないんでなあ」

倉本は困惑したように言った。

「お願いします。どうしてもだめなら、辞めて編集プロダクションで食っていくつもりです」

その心構えができていたわけではない。でも、寛治の真剣な態度に倉本も押された。

「わかった。社長に相談してみよう」

寛治の真剣な態度に押されて、倉本は社長と相談して、寛治を編集部付という部署に異動することが決まった。そこでは、単行本や増刊号などを編集して、かなり時間を自分で自由にできた。

同時に寛治は営業部の村井奈美子と付き合い、近く結婚する約束を取り交わしていた。そして仲人を社長に依頼していたので、社長も寛治の申し出をだめだとは言えないのだった。

八

夕方五時には会社を退けて大学に通った。定時制の試験に受かったから毎晩通うのである。大学までは歩いて通えた。通うのが楽しくて彼は少しも苦痛には感じないのである。講義は一年目は高校で習ったことに毛の生えた程度だった。二年目はいよいよ作家研究や第二外国語などの講義が始まり、楽しかった。

第二外国語はフランス語を履修した。一週間に二コマぐらいだが新しい知識の獲得は楽しかった。教授は年配の女性であったが、後期のある時、寛治に、「毎回出席しなくもいいよ」と言う。試験の結果がよかったせいかもしれない。以前も英語の教授に「毎回出席しなくもいい」と言われたことがあったのを思い出した。英語の場合でも、フランス語の場合でも、そう言われて自惚れるほどの自信はなかった。学ぶことはたくさんあるのだ。大学というところは講義を聞きに行くところではなく、自ら学ぶところだという教えだと思った。

講義時間の合間に学生たちが集まる大講堂があって、その掲示板に「英会話サークルに来たれ」とあるのを見て、寛治は早速出向いて行った。大講堂の片隅に何人かが集まっていて、すぐ仲間になった。講義のない時間や休講の時ここに来ると英会話ができるので、寛治は楽しかった。

夏の暑い日に寛治と奈美子の結婚式は大学近くの会館で行われた。親類のほかは、寛治の高校時代の親友と恩師と、岡崎書房で世話になった大林元編集長と、会社の倉本編集長などを招待するこぢんまりとした披露宴であった。新婚旅行は五日間程で、帰って来るとすぐ仕事が待っていた。大学の方は夏休みだから、少し息を抜くことができた。

夏休みには日光の中禅寺湖畔にある大学の寮に、英会話グループの合宿に行った。大学の生活は楽しいことばかりだった。

また、一人旅も復活した。八ヶ岳に行ったとき、アメリカ人のビル・トーマスと知り合った。彼はハワイ大学の教授で、アンソロポロジスト（文化人類学者）で、東洋、特に日本の地方に興味を持っていて、寛治が白川郷の合掌造りの家に案内すると大変感動した。そして以後、寛治と親しくなったのである。

大学を卒業すると、今度は会社の仕事に力を注ぐことになった。

社長には娘が一人しかいなかったので、跡をどうするのかと思っていたら、娘の大学時代の知り合いという男性が入り婿になって跡を継ぐようで、営業部に入って来た。

寛治はビルと文通したりして親しさを増すと、無性にアメリカに行きたくなった。更に友人ジョージ・フランクリンが是非来いということも手伝って、寛治はアメリカという国がどういう国なのか自分の目で見たい気持ちに駆られたのであった。ジョージは英会話学校で英語を習っていた時の講師の一人で、その妻が日本人であったこともあって、特別親しくしていて、彼がアメリカに帰ってからも文通をしていた。

更に、社長が「社員にも順番に海外旅行をさせる」と言っていたにもかかわらず、娘婿を海外に行かせただけで、一向に社員を行かせないので、寛治はそれなら自分で行こうと思い立ったのだった。

言葉の壁は何とか克服できそうに思われたので、都庁に行ってパスポートを取得すると、土・日を足して一週間の休暇を取ってアメリカに行くことにしたのである。

九

当日は天気も良かった。羽田から日本航空のジェット機に乗り込む。機内食も珍しく全部食べた。初めてなので何もかもが珍しい。しかし、同じ姿勢で座席に座っていると疲れて、いつの間にか眠っていた。

サンフランシスコではホテルに着くと、公衆電話に飛びついて、ジョージの奥さんに電話をした。公衆電話は数字のほかにローマ字が書き加わったダイヤルを回して、コインを入れる口が日本のと違って丸く抜けていて、そこへダイム（十セント）をはめ込むと下に落ちてかかる仕掛けだ。

ジョージ夫妻のアパートメントはダリー・シティにある。手紙によると夫のジョージは目下定職なしのアルバイト暮らしだから、連絡のつけようがない。夫人のほうはノルウェイ人の産婦人科医の所に受付として勤めているから、そちらへ電話をすればはぐれる心配がないという。

「ハロー、ジスイズ　ドクター・スミスズ　オフィス」

「キャナイ　スピーク　ツウ　ミセズ・フランクリン？」

「あら、小日向さんですか」と日本語が返ってきた。「お待ちしてましたわ。主人がとてもお会いしたいって。今夜狭いところですけど、うちのアパートへおいでになりませんか？　三人でお食事したいわ。主人もアットホームな歓迎をしたいって申してますのよ」

「そうですか、それは有難いのですが、奥さんお勤めがあるのに大変でしょう。そんなご迷惑をかけていいのですか」

「大したことはできませんけど、よろしければ」

彼は電話をかけるとき、ダイムが一枚しかなかったのが気になっていた。あとはク

オーター数枚だ。通話中にタイムアップで切れたら困ると、それぱかりが心をせかせる。それを言うと、

「あら、こちらは市内なら何分話しても一通話で大丈夫です」

そう聞いて、彼はアメリカの鷹揚さに心のゆとりを感じるのだった。

ホテルの十一階の部屋に入りシャワーを浴びる。部屋の窓からは道を隔てた向かい側の古ぼけた高層ビルの窓が見える。下を見ると隣に四階建ての駐車場があり、その屋上の半分ほどが車で埋まっている。道路を歩く人がコートを着込んでいる。

坂道だから下りの場合は、皆何かに追われているように足が速くなる。その脇を車が通り過ぎていくが、一方通行なので下りばかりだ。こういった風景は、日本人のように人も車も混雑してごみごみした街角を見慣れた者にとっては、ひどく寒々とした感じだ。

一息つく間もなく迎えに来てくれたジョージ夫妻の車、フォルクス・ワーゲンに乗った。

「石油危機（オイル・クライシス）のおかげで、僕らの車もファルコンからワーゲンになってしまったんだ」

と、シートベルトをかけた彼は運転席で笑って見せた。

「そのオイル・クライシスなんだが、この国ではどうなんだ。フリーウェーを走っている限り、車の洪水は日本の比ではないし、買い占め騒ぎもないように思うけど」

車はルート一〇二を南に向けて突っ走る。時速六十マイル近い感じだ。その両側を同様なスピードでフォードやキャデラックやらトヨタがひた走る。四車線全部同方向だから、それほど速い感じはしないが、キロに直せば百キロということになる。

「そうだね。日本に比べればいいかもしれないな。スクール（東京の英会話学校）では、プリントの紙が急に不足して困ったものね。こちらでは、あんなことはなかったよ、カンジ。変わったことといえば、フリーウェーで制限速度が六十五マイルから五十五マイルになったことだろうか」

「ダリー・シティーの君のアパートメントまでどれ位かかるのか」

「そうだな二十分か」

「毎朝主人がわたしを乗せてオフィスまで連れて行ってくれますの。帰りも迎えに来てくれて」とミセス。英語と日本語が飛び交う。

「それはごちそうさまでした」英語では何というのだろう。

「そうでもしなければ、不便で仕方がないんですよ。何しろバスを使ったら、アパートから三十分は歩かなきゃならないし、こちらでは車がなかったら生活できないんですよ」

助手席にいる奥さんが前を見たまま言う。

「ちょっとギャス・ステーションに寄って行く」

車はハイウェーから横道にそれてしばらく行くと、まるで西部劇の死の町に取り残されたと言ってもいいような、ガソリンスタンドに停まった。

随分前『日本人の勲章』というアメリカ映画があった。戦争中に命を助けてくれた日本人がいるという噂を頼りに、スペンサー・トレシー扮する片腕の男が西部の鉱山町にやってくるが、町の人はなぜか冷淡なのだ。この冷淡さにバックの荒涼とした風景がぴったりしていて、サスペンスを盛り上げていた。そのガソリンスタンドに今連れてこられたのではないかとさえ思われたのだった。

日本なら車が停まればさっとサービス員が飛んでくるところだが、ここではドライバーが自ら事務所に掛け合いに行き、自分で凸凹に痛んだ注入器でガソリンを車のタンクに満たさなければならない。注入し終わった頃、店員がメーターを見に来て料金を受け取る。全くのセルフサービスだ。店員はスタンドに一人しかいない。

「七十五セント、オーケー」

「何リッターでだね」

と訊ねると、

「ギャロンさ」

一ガロンは四リッター弱だから、一リットルあたり六十円にもならない計算だ。頭の中で数字をはじいて、寛治は彼に言った。

「それは安い。日本ではオイル・クライシスの後、リッター百円に上がった。こちらでは五十円ちょっとだね」

「日本のギャス・ステーションは不要のサービスが多過ぎやしないか」

というのがジョージの答えだった。確かにそう言われてみると、走っている車は概して埃にまみれた車が多い。日本のように毎日洗車したり、ガソリンスタンドでのサービスの習慣がないせいかもしれない。

だだっ広いハイウェーの両側の丘に家々がまばらになってきた。立体交差のフリーウェーが頭上を斜めに過ぎ去る。

「ちょっとスーパーマーケットへ寄っていきますから」ジョージと何やら話していた奥

さんが言う。「肉は嫌いじゃないでしょう？」

奥さんと寛治の問答は時にややこしくなる。日本語が混じり、日本語が混じるとそれを奥さんがジョージに通訳する。日本語を混じらせるのは、寛治に対する心遣いだ。

スーパーマーケットは、そっくり直輸入のものが日本にもあるから、彼は驚きはしなかったが、買い物籠付きのカートの大きいのには驚かされた。金曜日のウィークエンドに一週間分の買い物をするアメリカと、日曜にも店を開けている日本。どちらがいいのか。

ジョージ夫妻はステーキを御馳走するという。日本と同じように発泡スチロールの皿にパックしてある肉を三人前と、缶詰のリンゴとコーンやらを買って外に出る。ここのキャッシャーは二十四、五歳の男性だった。日本では殆どが女性だというのに。

十

スーパーマーケットから五分ばかりの坂道の途中で車が徐行して、アパートが近いことを知らせた。そのあたりはどうやら日本でいう建売住宅街のような感じだ。似たような四角い型の家々が、丘の斜面を水平に走る道の両側に等間隔に並んでいる。その家並が尽きたところが丘から下りてくる道で、その先はもう崖だ。崖に沿って見たこともない大樹が枝を広げている。その木の根元に車を停めると、前がアパートの入口だった。

入口を開けると、深々と靴を埋めてしまう薄グリーンの絨毯を敷き詰めた階段が、らせん状に上に続いている。もうそれはアパートという感じではなくて、映画のシーンにいるかのような気にさせた。階段についている照明も中世風な造りで、各階のドアも凝ったデザインだ。

先月まで隣のアパートに住んでいたが、階上の住人が夜になるとエレキをボリューム一杯でやり始めるので、こちらに代わったのだと、階段を上がりながらジョージが説明する。どこにもそういう常識外れの輩はいるらしい。彼らの住まいは三階だった。三階は彼ともう一世帯の二軒で占有しているという。

ドアを開けたところが玄関の三和土《たたき》で、日本ではそこから一段高くなって家の中になるわけだが、ここでは同じ高さで家の中まで絨毯が続いている。

「我々はね」とジョージが靴を脱いで言った。「ここでは日本式に靴を脱ぐことにしているんだ。これは日本の習慣の方がサニタリー（衛生的）でいいから」

彼は東京に何年かいる間は、奥さんの実家に住んでいたから、その感じがわかるのだろう。寛治は飛行機の中で、靴を脱いだストッキングのままでトイレに歩いてゆくアメリカの中年婦人を見て、アメリカ人の感覚が本質的に日本人の感覚と異なることを知ったものだ。日本人はたとえ清潔であるとわかっていても、トイレに素足で出入りする婦人はいないに違いない。

寛治は即座に賛意を表して靴を脱いだ。

そこは言うなればLDKだった。入った先は大きな窓（ピクチャー・ウインドー）で、外が見渡せるようにソファーが置いてある。入口の右手が小さな台所（キチネット）で奥さんは早速料理を始めている。ジョージと寛治は久闊《きゅうかつ》を叙してソファーに向かい合った。寛治はアルコールが駄目だし、彼も寛治を送り届けなければならないから、ワインをちびりちびりということになった。

「もうあれから半年になるね。まあ、何と時の経つのは早いものか」

「ところで、ジョージ、君はパートタイム・ジョブ（アルバイト）で食えるのかね」

「まあ何とかネ」

彼の手紙で、彼が『サンフランシスコ・ダイナーズ・ガイド』という小冊子の出版を始めたと聞いたのは、彼が日本を離れて三か月もした頃だった。そして、その頃にはもうかなりの苦戦を強いられていたのだった。

「今、我々は貧乏にならないための戦いに必死になって挑戦している。この手紙がそちらに着く頃には、このビジネスを続行すべきか否かの判断を下さなければならないであろう」

それから旬日を経ずして、

「今、僕は一つの戦いを終えて満足している。失敗ではあったけれど、若いうちにビジネスの可能性に挑戦できたことは幸せだった。心配してくれて有難う。大きな会社に入ることは君の想像とは反対に、僕にとっては簡単なことなのだ。だが、そのためには僕の気持ちを説得しなければならないという最も難しい事業があるのだ。僕はまだ若いのだから、いろいろな可能性を追求したいと思っている」

寛治は彼の手紙を読むたびに、アメリカ人のフロンティア・スピリットを感じるのだった。いい大学、大企業へと、人生の目的がそれしかないとでも言うように、ひたすら志向する日本のモヤシ族とは何と大きな違いだろう。

彼のアルバイトというのは、ボートのペンキ塗りと、別荘番と、車の修理だということとだった。夏への準備で春先からボートのペンキ塗りや掃除関係の仕事は多いらしい。ここのところ、二、三日は少し暇になったが、先週は別荘番のため、アパートにも帰れない日があったという。

「ところで、もう日本へ行く気持ちはないかね」

「体が二つあったら今すぐにでも行きたい。でも日本ではアドベンチャー（冒険）はできないなあ」

会社勤めのような、組織に入ることを好まない進取の気性に富むジョージにとっては、言葉の不自由な日本では満足な活動はできないだろう。英会話学校の先生というのは、あくまでもアルバイトに過ぎない。

三人はそれから料理ができるまでのしばらくの間雑談をした。料理ができると、夫妻はテーブルに皿を運んだ。メイン・ディッシュはミディアムに焼いたビフテキだ。手のひら位の大きさの厚手の肉は微醺を漂わせて食欲を誘った。マッシュド・アップル、ポテト、グリーンピースとコーンが添えられていた。パンにバターといちごジャム。アイスクリームがデザートだった。

奥さんを交えてのディナーは、日本の食卓とは違って喋る時間のほうが長く、どうしても早くなってしまう寛治の食べるテンポを遅らせなければならないような按配だった。奥さんが日本のいろはかるたに類したものを、英語でできないか研究しているという話を聞いて、寛治はベンジャミン・フランクリンの『プアー（貧乏）リチャードのアルマナック』を参考にしたらいいのではないかと言った。

料理は寛治の口に合ったが、何かもの寂しさを彼は感じた。それは恐らく料理の即席性だったろう。マッシュド・アップルも、コーンも、グリーンピースも、缶詰から皿に盛っただけのもので手製ではなかった。もっと手を加えた料理で客をもてなす習慣に育ったから、何か冷たいものを感じたのかもしれない。あるいは調度らしい調度がまだ整っていなくて、部屋が殺風景なせいだったかもしれない。ピクチャー・ウインドー（大窓）から見える外には、高い樹の枝から、老人のひげのように寄生植物が垂れて風に揺れている。そして、その樹の間に、遠くの家々がそろそろ窓を灯で明るくし始めていた。

アメリカの黄昏というのは、どうしてこうも寒々しいのだろう。彼は田舎の黄昏を思い出した。田舎の黄昏は夕餉の支度の紫色の煙と味噌汁の香りに彩られている。石を載せた家々の屋根に漂う煙は涙が出るほど胸を締め付ける風景だが、それは決して寒々としたものではなかった。住めば都なのかもしれないが、よく日本育ちの奥さんがこの寒々とした風景の中で耐えられると思うのだった。

寛治はかつて青春の日に、数年アメリカに住んでみたいと願ったことがあった。その願いがかなったとしても、果たしてこういう風景の中で耐えられただろうかと思うのだった。

時計は九時を回っていた。帰りも夫妻が送ってくれた。アパートを出て車に乗り込むとき、奥さんが手紙で注意してくれたように、夜は夏でもコートが必要だということが、決して大袈裟でなかったことを彼は知った。

「ここでは八時半くらいまで明るいんだ。もっともサマータイムという魔法のおかげでもあるがね」

と、彼はたすきがけのベルトの中で言った。「このベルトをかけていないと、全てのアメリカ車はエンジンがかからないようになっているんで」と、奥さんが来るとき説明してくれたそのベルトが、日本では何故義務付けられないのだろう。「後二年もすれば日本でもこうなるでしょうが」と彼女はいたずらっぽく笑ったのだった。

「夜遅くまで明るくて、朝早く夜が明けるのでは眠くないの」

「そんなことはないさ」

白夜のようだった黄昏が、いつの間にか電灯の瞬く夜になって、フリーウェーにはヘッドライトの光の棒が流れ星のように走っている。警笛もなく窓を閉めたまま、ただひたすらフリーウェーを突っ走ると、音から隔絶された世界に入ったような気分になり、会話を交わしていないと不思議な不安に襲われるのだった。

運転するジョージに話しかけると、運転の邪魔になりはしないかと寛治は心配していた。夜間時速七十マイルでひた走るワーゲンはちょっと運転を誤れば、たちどころに命にかかわる惨事となるだろう。彼は複雑な話題を避け、アパート代や理髪代を例にして、物価の高騰を説明した。そして、ジョージは日本にいたときの物価と比べ、その高騰の異常さに驚いて見せたりしたのだった。

翌日、ジョージがちょうど仕事が夜からになっているので、サンフランシスコの街を少し案内するという。寛治を乗せたワーゲンは坂道を上がったり下がったりして、その窓の中に道の両側に並んだ白い石のスペイン風のエキゾチックな家々を、まるでショウウインドの中の玩具のように見せた。

ゴールデンゲート・ブリッジを渡り、道路わきの芝生に絶えず水をまき散らしているスプリンクラーの壮観さに寛治は目を見張るのだった。

ゴールデンゲート・パークで一休みする。ジョージが足を延ばしたいのだろう。道の脇のちょっとした芝生の斜面では、上半身裸の男女たちが日光浴をしている。燦燦《さんさん》と降り注ぐ太陽の光の中で、半ズボンのジーンズから出た足にも背にも、金色の産毛がきらきら輝いて印象的だ。

香ばしい香りがする。ユーカリの香りだとジョージが言う。

「昨夜窓から見えただろう。枝から寄生植物が垂れていて年寄りみたいだけど、そんなに老木じゃないと思うよ。ユークラプティス（日本で言うユーカリ）は成長が早いのと、世話がかからないのとで、オーストラリアから五十年ほど前に移植したんだ」

なるほど、このパークに鬱蒼と茂っている。

半日の間にジョージは観光名所とおぼしき場所を回ってくれた。オークランド・ベイ・ブリッジ、コイトタワー、チャイナタウン、シビックセンターなどなど。しかし、初めて来たのだから、寛治には位置関係などはよくわからない。でも、アルバイトの合間を縫って、寛治を案内してくれた好意が寛治には嬉しかった。

十一

こうして、短期間ではあったが、小日向寛治のアメリカ訪問は終わった。しかし、彼はそれでアメリカに対する興味が満たされたとは思わなかった。むしろ、アメリカに行くのはこれからだと思った。

会社は順調に業績を上げていて、毎年何人かの新人を入れていた。ところが、ある年に入れた新人が学生運動の活動家で、時間外のサービス残業を社長が決めたのを機に、労働組合を結成したのだった。それは突然のことだったので、社員は動揺した。ほとんどの社員が巻き込まれた。寛治は健全な組合は必要だと思っていたので、賛成した。けれども若い連中の過激さに戸惑ってしまった。これでは会社は分裂してしまう。どこかの組合の助っ人が来て知恵を授けているようで、過激な組合活動は社内で続いた。

寛治の部下がストをする、仕事を放棄するでは、どうにもならない。寛治は仕事が好きだからこういう状態では出社するのも憂鬱であった。

どうやら出版界では組合を作り、活発な活動をすることが流行り病のように起きているようであった。駅から会社までの間にいくつかの出版社があった。寛治が会社へ行くまでに、赤い腕章をまいた男女を何人も見かけるのだった。皆出版社の者たちだった。

彼はもう身を退かざるを得ないと考えた。

倉本編集長にその旨を伝えると、

「そうだね。こんな状態じゃ仕事好きにとっちゃたまらんよな。入りたての者にとっちゃ仕事の何たるかがわからんからな。学校で頭でっかちになったんだろな。社長に伝えておく」

翌日、社長のところへ来るようにと連絡があった。社長に辞めたいと言うと、

「仕方ないな。あんな学校出たての若造と一緒に仕事するのはたまらんだろうな。わたしも腹が立って仕方がない。今、仲間と相談して、対策を講じているが、少々時間がかかりそうだ。こんなことになるとはな」

と、言った。せっかく順調に来ていた会社を躓かせてしまうのは、社長にとっても、寛治にとっても、やり切れない思いなのだった。

彼は家に帰ると、妻の奈美子に会社を辞めたと言った。

「そんなに組合って乱暴なの」

と、奈美子は眉をひそめたが、それ以上何も言わなかった。夫のすることに何も口を挟むような妻ではなかった。経済的にきみを苦しめるようなことはしないと、常々彼が言っているからであろう。

これで、又、失業手当のお世話になるのかと思い、自宅に潜むようにしていると、電話がかかってきた。聞き覚えのある声で、今アニメのプロダクションで有名な漫画家本人であった。

「どう、自社《うち》に来ない」

と、彼は言った。以前、寛治は彼の担当をして、随分難儀をさせられたことがある。瞬間的にそんなことが思い出された。彼は確かに十万人に一人の天才とは思うが、付き合うのは大変なのである。

「はい、有難うございます」

と、寛治は応えたが、本気にはならなかった。すると、翌日には岡崎書房の同期の黒瀬からも電話がかかってきた。寛治は漫画家から誘いの電話があったことを告げると、彼は即座に言うのだった。

「それは止めたほうがいいい。もう、あのアニメ・プロダクションは潰れるよ」

「そう。そんなに経営状態が悪いの」

「ああ、ほんとだ。それより、うちの会社に戻ってこないか。社長も以前とは違って随分変わったよ」

「そう。考えさせてくれ」

そう言って電話を切ったら、その日の夕方、漫画家の経営するアニメ・プロダクションの村田と名乗る男から電話がかかってきて、「うちの先生がお誘いの電話をしたそうですが、なかったことにしてください」と言うのだった。

なるほど、岡崎書房の黒瀬が言ったことは本当だったと納得した。社長も以前のようではないと言うから、その誘いに乗ってみようかと寛治は思った。妻の奈美子は岡崎書房の社長を知らないから、

「あなたがいいなら、いいでしょ」

と、ほっとしたようである。

約束の日に寛治は岡崎書房に出向いて行った。社長に会うと、

「おお、よく来た。健康は大丈夫か」

と、太った体を揺らしながら、タオルで顔を拭い拭いして言った。

「はい、健康面では問題ありません」

「そうか。組合には参ったようだな」

「まあ」

「ところで、昭和少年社では今まで幾らもらっていた？」

と、給料の話になった。これこれですと正直に言うと、

「ほう、そうか。うちの編集長の一番高いのよりいい額だな」

と、社長は驚いたように言った。

「わたしは幾らでもいいです。社長の思った額で決めてください」

寛治はそう言った。本当にそう思ったのである。仕事ができて、生活できれば金はどうでもいいという気持ちだった。

「ただ再入社には一か月待ってください」

「何だ、何か困ることがあるのか」

「いいえ、そうじゃなくて、多分忙しくなるでしょうから、その前にアメリカへ行ってきたいんです」

「ほう、アメリカか。きみは英語ができるんだったな。アメリカに行ってみるのもいいかも知れん」

そう言って許可してくれた。今までの社長からすると、「馬鹿を言うな、こんな時に一か月も待てるか」と、怒鳴られるかと思っていたのに、この言葉は予想外であった。その上、

「ニューヨークに行かなくちゃだめだな。ニューヨークに行くなら、向こうの児童書を買ってきてくれ。参考にしたいんだ」

と、二千ドルを渡された。社長は変わったというのは、これだったのかと寛治は思った。社長は、日本での出版の行き詰まりを感じているのだろうと思った。

こうして、寛治のアメリカ旅行が実現した。いろいろ調べると、四週間のパック旅行が見つかった。東海岸から西海岸まで行ける。六十万円を超える値段だったが、彼はこれを選んだ。

十二

二度目のアメリカ行きの上、パック旅行なので、今回は気が楽だ。バスで国連ビル、エンパイア・ステートビル、五番街、ハーレム、リッチモンドなどを見て回る。ハーレムには一人では絶対に行かないようにとツアコン（ツアー・コンダクター）から注意があった。なるほど、観光バスがハーレムを通過するとき、道端の水道栓にいたずらをしていた小学生くらいの黒人少年が、バスに向かって激しい放水を仕掛けてきた。窓を閉めていたからよかったものの、これには一同怖気《おじけ》をふるったのである。

翌日は社長に頼まれた本を買いに書店に行く。ツアコンには、ところどころでグループを離れると伝えておいたので、グループを離れた。

寛治は案内図を見て、先ずタイムズ・スクエア近くにある小さな本屋に行った。しかし、ここには児童書はないので、ブロードウェイを南に歩いたが、適当な本屋は見つからない。買った本を郵送してもらう関係から、できれば一括して買いたかったし、名の通った店でないと、支払って帰ってきてしまうのだから、きちんと送ってもらえるか心配だ。

アメリカをよく知っている人からは、ニューヨークでは特に気を付けるようにと注意されていたので、地図を広げ観光客然としない方が安全だと思った。

大体は頭に入っているが、果たして五番街と六番街の間は歩くとどれ位かかるか、ブライアント公園からメイシーズのある三十四丁目までは何分かかるか、皆目見当がつかない。バスはどこへ行くかわからないから、お上りさんには乗れた代物ではないし、タクシーは流していないから、捕まえるのが難しい。彼はただただ自分の足を頼りにすることにした。しかし、それも限度がある。あちらへ行きこちらへ行きしていると、足が疲れてきた。

ガイドブックにある四十二丁目のマルボーローは予想外に小さい。神保町辺りで見かける間口三間ほどの、典型的なウナギの寝床スタイルの古書店と変わらない。これでは用が足りないだろう。期待していただけに落胆した。いよいよなければデパートの本売り場に行ってみようという考えだったが、期待はしていなかった。

アメリカのデパートは天井ばかりがやけに高くて、寒々とした感じで品数も少ないように見える。一階の入口の所で本の売り場を探す。アメリカの表示は日本のそれと違い、ブックのBを探すと、それは何階にあるとわかるふうになっている。これは合理的だ。日本のでは全部見ないと探す売り場がわからない。客の買い物の仕方の違いからくるものなのだろうか。結局、メイシーズとギンベルの両デパートの本売り場に行ってみて、彼の予感が当たっているのを発見しただけだった。

日本で、ニューヨークの地下鉄ほど汚くて危険な乗り物は世界中にないだろうというようなレポートを読んでいた。

「ニューヨークの地下鉄は、夜でなければデンジェラス（危険）ではないさ」というニューヨークから来たアメリカ人の友人の言葉を信じて、ギンベルの地下に潜った。

デパートの書籍部では意に沿わないから、ブレンターノ書店へ行くつもりだった。大体の見当をつけて、ロックフェラー・センターまで行こうとしたのだ。地下鉄の構内は予想通り汚れている。壁にスプレーで落書きがしてあり、すすけているというほうが当を得ている。改札のゲートに駅員がいない。切符売り場はガラス張りの高台になっていて、風呂屋の番台を思わせる。ここへ一ドル出すと七十五セントのつり銭とトークンをくれた。

「ロックフェラー・センターへ行きたいんですが」

「そこのゲートを入って、階段を降りなさい」

頭のやや禿げあがりかけた、脂肪太りの駅員がマイク越しに言った。しかし、マイクが悪いのか声が割れて、あまり聞き取りに自信が持てない。

ホームに降り立つと、すぐステンレス製の電車がやってきた。車内は空いている。掃除が行き届いていて、日本の電車と変わらない。彼はルポ記事をすべて正しいと信じてはいけないと気づいた。これが夜になると物騒な乗り物になるのであろうか。

隣にかけた中年の紳士に、この電車はロックフェラー・センターに行くであろうかと訊くと、大丈夫行くと言う。

「この地下鉄をよくご利用なさるんですか」

「いいや、久し振りに乗ったんですよ」

そう答えて、ロックフェラー・センターは四つ目だと教えてくれた。

ブレンターノは五番街にあった。地番を頼りに北へ向かって歩いて行くと左側にあった。ビルの一階と地階が書店で、なるほどこれなら本の専門店だ。ガイドブックに『紀伊国屋書店』といったところという説明がついていたが、ぴったりな感じだ。

目指す売り場に行くと、六十位の温厚なお婆さんが受け答えした。背が日本女性くらいで小太り、眼鏡は老眼鏡だろう。

「日本から来たのですが、本をここで買ったら送ってもらえますか」

「そりゃあ勿論OKよ。毎日この店から日本、ドイツ、フランス、世界中に発送しているんですよ」

「トラベラーズチェックは利用できますか」

「はい、結構ですとも」

「船便でお願いしたいのですが、送料はどれ程かかるでしょう」

「目方によるから、締めてからでないと」

「なるほど。そうですか」

人の好さそうなこの年寄り店員は商売熱心で、次から次へと興味を示しそうな本を薦めるのだ。その上よく喋る。日本についてはどの程度知っているのか。話の内容から判断すると日本の小説を幾らか読んでいるらしい。

「あの、ほらハラキリで自殺した作家の小説を読んだことがあるわよ。とてもミステリアス（神秘的）だったわ」

と言うのは三島由紀夫のことだろう。

「ゲイシャ・ガールというのは今でもいるのかしらね。あのラブストーリーの彼女の気持ちは理解できないわ」

と言うのは川端康成の「雪国」のことを指しているらしい。

彼は五十冊近くの本を棚から取り出してカウンターの上に置いた。値段がまちまちなので、全部で幾らくらいになるか知りたかったのだ。予算を超えてはいけないので、概算と送料がどれくらいになるかを訊いたのが失敗のもとだった。彼女はまず同じ値段の本を山に積んで分類し、それを何倍かして、足すという作業を始めたのだ。アイデアとしてはいいのだが、この分類に手間取った。というのは、場所が狭くて、他の買わない本までが紛れ、そのたびにやり直しなのだ。

「キャッシュア（会計）で計算はできませんか」

「決定してからでないと、会計へ持っていけないのよ」

彼にはその理由がわからなかったが、彼女はとてもダメだと言う。日本に帰ってからの付け合わせの容易にと、彼女に書名を書いてもらった。絶えずしゃべりながら書いたり積んだりしているので、言ったことを聞き洩らすまいと彼も必死だった。そして結局は彼が暗算と筆算で概算を出さねばならないのであった。

こんなことなら、最初から自分でやれば早く済んだものをと彼は思った。何しろここ

までくるのに、何と二時間はかかっていた。そして、彼女は彼が計算するのを見ていて、まるで魔術師の手でも見るように、

「オオ、ハウ　ナイス」

と、感心しているのだった。

それから、出口近くの会計係のところへ本を運んで行ったが、これからが又ひと騒動だった。レジを叩いているのは、これは長身の大女であったが、どうも意地悪そうな顔つきだった。どうも彼を見下す目は、東洋人め、何を生意気に、とでも言っているようなのだ。

お婆ちゃんが何か言うと、顔をしかめて見せる。彼女が本の山を指して、

「これをレジに打ち込んでね」

と言うと、

「あんたがやんな。あんたのお客なんだろ。あたしゃ忙しいんだよ」

それくらいまでの英語は彼にもわかるから、腹が立つ！　何もこんな人のいいお婆ちゃんに意地悪くしなくたっていいじゃないか。どうも大柄で、脂肪のだぶついた顔、鷲っ鼻の年増ってのは好感が持てないのである。お婆ちゃんはしょうがないといったよ

うに、肩をすぼめて見せたから、彼も彼女を慰めてやらなければならないと、「オーケー、オーケー」と言ってやると、勢いを得たのか、大女を相手に言い争いを始めるのだった。

こうなると、もう彼の英語力ではわからない。客の前で店員同士が口論などしたら、日本ではたちまち上役に怒鳴られてしまうところだが、ここではどうなっているのだろう。

しぶしぶ大女はレジをたたき始めたが、なるほど、これでは概算などできるはずがない。叩けばもう変更がきかないし、第一この大女にそんなことを言ったところで、どだいぶっとばされるのが関の山だ。

叩き終わったところで、レシートをこれまた投げやりなふうに切って寄越すと、この大女はどこかへぷいと行ってしまった。するとお婆ちゃんはこう言うのだった。

「あの女はね、本当に性悪なんですよ。十年前に南米のウルグアイからやって来たくせに、威張りくさっていて。何もあんなに言うことはないのにさ。気を悪くしないでくださいね」

この書店での買い物で、いかにアメリカ人が計算が苦手であるかということを彼は実感した。その後も多くの場所で、如何にアメリカ人が計算に苦手であるかということを、彼は体験した。

買った品物に釣り銭を足していくあの計算方法は、日本ではどう見ても小学生の低学年向きだ。こうして彼のニューヨークでの買い物は終わった。

十三

次の日の夜、グループ皆でイタリアンレストランで食事をした。店員が歌手なのか、歌手が店員を兼ねているのか、その演奏でカンツォーネを聞いた。どこでチップを渡すか迷うが、とにかくチップは渡すほうがいいようだ。

ラジオシティー・ミュージック・ホールでショウを見たが、日劇のショウのようであった。考えてみれば、日劇がこちらのショウを真似ていたのだ。彼は日本がアメリカ文化からどれほど遅れていたのか実感した。

セントラルパークの南にあるホテルに戻って、コーヒーを飲みながら、グループの皆と今日一日のスケジュールを話し合う。寛治は見たものをしっかり心に刻み込んでいるが、皆は記憶が薄いようで、寛治はもったいないと思うのだった。

「明日はワシントンに向かいます」

と、ツアコンが言った。ワシントンには、寛治は見たい所がたくさんある。アーリントン墓地もその一つである。暗殺されたケネディー大統領の墓地がある。そのほかリンカーン・メモリアル、ワシントン・モニュメントなどだ。

アーリントン墓地ではあの悲劇のケネディー大統領を思って首を垂れた。ずっと灯をともして、大統領の死を悼んでいる。日本にこれだけの待遇を受ける政治家がいるかと思うと、寛治は寂しくなった。

午後は自由時間になったので、寛治はスミソニアン博物館に行こうと思い、タクシーを捕まえた。黒人のタクシー・ドライバーが片手で博物館は五つある。どの博物館かと訊くので、そのとき初めてスミソニアン博物館はいくつもあるのだと寛治は気が付いた。

「一番ロマンチックな建物だ」

と言うと、通じたようで、彼を希望の館に連れて行ってくれた。ここは中世のお城のような外観をしているから、タクシー・ドライバーも納得したのだろう。航空・宇宙館は彼を満足させた。航空機からロケットまで展示されている。日本にもこんな博物館があったらなあと思うのだった。

ワシントンDCでは白人と黒人が調和していると思った。白人の子供達と談笑している騎馬警官は、品のいい黒人だった。そこからボストンへ行く。

ワシントンからボストンまでは飛行機で一時間あまり。寛治はここでは独立のきっかけになったボストン・ティーパーティーの地を見たかった。大学で学んだところだ。その船のレプリカが橋の近くの博物館脇に係留してある。割合小さい帆掛け船で、これが独立戦争のきっかけになったのかと思うと、寛治には感慨深いものがあった。

午後はケンブリッジの大学見学に出かけ、マサチューセッツ工科大学とハーバード大学のキャンパスを見学した。煉瓦造りの校舎にツタ（アイビー）がきれいに這い上がっている。こういう校舎なのでアイビーリーグという言葉が生まれたのだと寛治は大学時代に教わった。いずれのキャンパスも広大なのに、同行した人たちも驚くばかりだった。

シカゴ大学のキャンパスの中をバスが走った時、ツアコンが言った。

「努力をすればシカゴ大学を卒業することはできるけれど、ハーバード大学は努力しても出られないと言われています」

へええと、皆が驚いて言った。寛治も驚いた。そんなに難しい大学を出た人たちを揃えたアメリカの政府が、国際的な政策で大きな間違いを犯したことが、『ベスト・アンド・ブライテスト』という本に書かれている。学問だけでいい世界が出現するとは限らないと、世界の人々は気づいたに違いない。

ボストンを昼に発った寛治たちは、夕方にはナイヤガラの滝の真ん前のホテルに着いた。なるほど横幅も広ければ落差も大きい。寛治たちは滝の横手のビルからエレベーターに乗って、長靴に履き替えて滝を裏側から見た。水しぶきを浴びながらの見物で、老いも若きもはしゃいで滝を見ている。轟音で話し声もろくに聞こえない。しかし、寛治は滝はホテルから見ているのが一番だと思った。

翌日の昼に発った寛治たち一行は、夕方にシカゴに着いた。ツアコンが皆に注意した。

「シカゴは危険な街です。市内を一人で歩き回らないでください。このホテルの南側は危険ですから、南口を利用しないでください」

と、言う。ホテルはミシガン湖の畔に建っている。ホテルと湖の間には公園があり、夜ここが危険なのだそうだ。

確かに、貴重品預り所（セイフティ・ボックス）もそれまでの街のホテルのそれとは大違いだ。曲がりくねった通路を二つもドアを開けると、その奥に銀行の大金庫のような部屋があって、そこがセイフティ・ボックスの場所だったのである。そこに至るまでは監視カメラで監視しているのだ。寛治は危険な街であることを実感した。

しかし、シカゴは何でも世界一らしい。マリナー・シティという巨大トウモロコシ形をしたビルはアパートで、地下からはボートで出入りする。

シーアーズのタワービルは世界一の高さを誇り、百三十階に展望台があり、そこまでエレベーターで一分半もかかる。まだ出来立てのビルだという。あまり世界一というので、寛治はつまらなくなって、科学・工業博物館に出かけた。そこにはドイツのユーボート（第二次世界大戦中の潜水艦）が展示されてあった。戦利品なのであろう。

バスで半時間も行くと、郊外に巨大なショッピングモールがあって、客で賑わっている。有名デパートから専門店まで三百五十もの店が入っているのには寛治は驚かされた。一万台ものパーキングが用意されていると聞かされて、寛治は車の国だと実感した。

ループと呼ばれる高架鉄道が走っているので、寛治は乗ってみようとしたら、ガイドに危険だから止めたほうがいいと注意された。シカゴはアル・カポネの時代から変わらず危険がいっぱいのようだ。

翌朝シカゴを発って、グランドキャニオンに向かう。途中でフェニックスで一休み。ジェット機で三時間半かかったが、東から西への時差とサマータイムの関係で一時間半ということだった。ここのマクドナルドでアメリカ人の観光客たちに交じってジュースを飲んだ。ここからグランドキャニオンまではバスだ。

グランドキャニオンに向かう途中、バスが走る道は砂漠の中で、左右にはサボテンが立っていたり、水を汲み上げる風車が見えたりして、牧歌的で、シカゴの緊張感から解放された気持ちになったが、暑い。

グランドキャニオンに着いたのは夕方だった。ロッジが立ち並ぶ中央の辺りにレストランのあるメインロッジがあった。グランドキャニオンの夕景を見るため、ここで巡回バスに乗って出かけたのだ。

なるほど、遥かに連なる巨大な岸壁の果てに沈みゆく太陽に照らされて、すべてはオレンジ色に変わり、岸壁のみが黄金と化すのであった。その壮大さは例えようがない。寛治はただ茫然として立ち尽くしていた。夜の峡谷は冷え冷えとしてきた。皆は震えながら帰りのバスを待った。

翌朝、朝食後チャーターしたバスで今度はウオッチタワーに行く。これは先住民の見張り台だったところを修復保存したものだという。

峡谷はコロラド川を挟んでそそり立つ。向こう岸まで四百メートルか五百メートルかと見えるが、一マイルもあるという。コロラド川までの深さは降りて戻って来るのに十時間もかかるとのことだ。

ヘリコプターでの観光コースがあって、飛んでいるヘリが蚊のように見えた。とにかくスケールの違いが寛治たちを感動させた。

ここからはラスベガスへジェット機で飛ぶ。機体を黄色に塗り、乗務員すべてが黄色い服を身に着けている。ハワード・ヒューズという世界一の金持ちと言われる男の会社なのだという説明があった。ラスベガスにホテルも持っているらしい。

十四

機の窓から下を見るとコロラド川が細い糸のようだ。ラスベガスまでは三十分ほどのフライトで着く。ラスベガスでは著名人が来るので、プライバシーの観点から写真は撮れない。寛治は日本出発前にラスベガスの地図を頭に入れて来た。中央を貫くのはストリップという大通りだ。そこから脇に入ったホテルに泊まるのである。

ホテルにはカジノがあり、劇場があって宿泊客を楽しませる。ステージ・ショウを楽しみ、カジノで賭博を楽しむために宿泊するのだ。

寛治はショウが始まるまでルーレットを楽しんだ。彼は新宿にあるルーレット教室に通い、ある程度ルーレットの賭け方を知っている。しかし、本場のルーレットはなかなか勝たせてもらえず、少しの負けで終わった。

スロットマシンで遊んでいたグループの女性が、頓狂な声を上げた。

「キャー、マシンが壊れたみたい」

見ると、マシンの前に置いたバケツに、コインがざらざらと入って止まらないのだった。スロットマシンは日本のパチンコとは違うようだった。当たるとコインそのものが出てくるらしい。

「引換所で替えてもらえますよ」

と、ツアコンに教えてもらって、彼女はニコニコ顔で替えに行った。

夜のショウは満席だった。アメリカ人もいれば、外国人もいる。黒人もいれば白人もいてみんな大笑いして楽しんでいた。

ショウが終わってから、寛治たちはまたカジノで賭けを楽しんだ。しかし、カードや、サイコロを使ったゲームにはなじみがないので少し立ち見をしただけだった。

夜遅いので彼は部屋に戻った。明日はサンフランシスコとロサンゼルスである。ロサンゼルスではアメリカ人の知人のマックと会う約束だ。マックとは手紙で会う約束をしていた。彼とも東京で何度か会っていて、「アメリカへ来るなら会おう」と約束していたのである。

サンフランシスコではケーブルカーに乗ったり、いわゆる観光地を巡り、翌日はヨセミテ国立公園に行き、その広大な自然の風景に圧倒された。巨大な木々、巌々《がんがん》、落差の大きいヨセミテの滝など驚くばかりだった。しかも、ここにあるロッジには一泊二泊などはできないという。一か月単位なのだと聞いて、日本の現状との差に只々彼は驚かされた。

ロスまでは飛行機ですぐだった。寛治はグループから離れて、空港でマックと会うことができた。東京での話、ロスでの生活などを話して寛治は満足した。しかし、マックはその日、趣味の会の研究会に出なければならないということだった。その会はUCLA近くで開かれるという。

「UCLAは見てみたいよ」

と言うと、

「それじゃあ僕の車で近くまで送ってゆくよ」

ということになったが、寛治はその車の汚さに驚いた。車体は掃除をしたことがないのか、泥の跳ねが付いたままなのである。座席の床にはタオルらしきものが落ちている。友人が来るのなら、少しはきれいに掃除でもしておくというのが日本人の感情だろう。それでも、マックは平気なのであった。

こうしてUCLAで降ろされたのだった。学生たちが行き来するのをしばらく見たが、東海岸の大学の校舎とは違い、日本の校舎とあまり違わないのは期待外れであった。

寛治は近くの書店も見ようと思い立った。職業柄どんな児童書があるのか、見てみたかったのだ。いろいろある児童書を見ると、いいものだと思うのは殆どが「メイドインジャパン」と印刷されているではないか。日本では見たことがないから、輸出用に作られたものなのだろう。これにはがっかりした。

帰りはタクシーがないので、ホテルに向かって歩くことにした。店員は一時間はあると言ったが、途中でマクドナルドへ寄ったりしてホテルに戻った。夜はレストランで、裸の腹を揺すって踊るベリーダンスを見たり、メキシコ音楽を聴いたりして楽しんだ。

翌日は日帰りで市の東南にあるディズニーランドへ行く。とにかく広い敷地に工夫を凝らした遊園地が広がっているのに驚かされた。

ガイドの案内で一番人気の「カリブ海の海賊」という乗り物に乗った。四人乗りのボートに乗り薄暗い海を模したトンネルに入ってゆくと、両側にいる海賊が動き、犬が動き、のろしが上がり、骸骨が笑うのである。外へ出ると、マークツエイン号という船も動いている。大人も子供も楽しめるわけがわかった。子連れで来ている黒人の母親に訊くと、もう三回目だと言った。夕方まで遊んだが、とても半日くらいで全部を楽しめるものではない。

夕方空港に到着。いよいよハワイに向かう。これがアメリカ本土の最後だと思うと、寛治は後ろ髪を引かれる思いだった。空港のシェリフに一緒の写真を頼むと、快く並んでくれた。

四時間半ほどでハワイのホノルル空港に着いた。空港でハワイ娘からレイを首にかけてもらうと、実感がわいてきた。

現地の年取った女性のガイドにパンチボウルに案内され、第二次大戦の折に勇名をはせた二世部隊（パイナップル部隊）の活躍が話された。言外に現在の日本人に対する抗議が寛治には感じられた。ここはまだ戦争の傷跡が色濃く残っているのを寛治は感じた。

ホテルはワイキキの中央にあって場所は最高だ。部屋のバルコニーに出ると、海の向こうにダイヤモンドヘッドが見える。寛治はホテル前のリバティーハウスというマーケットで早速アロハシャツを買った。着てみるとハワイによく合う。息子にも同じ柄のを買った。

自由になったので、バスでアラ・モアナショッピングセンターに行く。何人かが寛治についてきた。広大なショッピングセンターで皆驚いたが、すぐ慣れてそれぞれが買い物をしていた。

寛治は友人ビル・フレッドリーと会いたかった。彼は東西研究所の教授だ。でも、彼は手紙によると、タイのバンコックに調査に出かけていて会えないというので、残念だった。

夕食は隣のホテルのステージでポリネシアン・ダンスを見ながら楽しんだ。

翌日はまた仲間から離脱して、赤い二階建てのバスに乗って、ビルの薦めたビショップ・ミュージアムに出かけた。ミュージアムにはポリネシアの民族資料がいろいろ展示されている。中でも寛治を驚かせたのは、日本のあやとりの「梯子」が展示されていたことだった。説明ではストリング・フィギュアとあった。昔、日本人の移民がもたらしたものなのかも知れない。

ここではバスに乗ればどこにでも行ける便利さが寛治には嬉しかった。だいぶバスに乗り慣れたので、寛治はビルの留守宅を見に行った。ダイヤモンドヘッド近くでなかなかの住宅街の一角だった。

およそ四週間のアメリカ旅行を楽しんで日本に帰ってきた寛治は、一部始終を社長に報告した。

「わしはヨーロッパには何回も行っとるが、まだアメリカ旅行はしてないんだ。今度行ってみるか」
「ぜひ、いらっしゃってください」寛治はそう言って編集室へ戻った。
一週間もした頃、アメリカから本が届いたので寛治はほっとした。

十五

岡崎書房では新書判のコミックが売れて、息を吹き返していた。更に、アメリカで『プレイボーイ』という雑誌がヌード写真を売り物にして話題になっていたのにあやかって、内容に色っぽい記事を載せたりした雑誌を出して、これも好調な売れ行きを示していた。日本では倫理規定があって、ヌード写真を載せるわけにはいかないので、せめてタイトルだけは似たような雑誌にしたのが良かったのかも知れない。

岡崎書房でも少年週刊誌を出しているが、これは後発のせいもあって、期待ほどではないようであった。それでも雑誌の数も五誌を超え、編集部員の数は五十人を超えて活気に満ちている。寛治も二か月は様子見をしていたが、新しい雑誌を出すように言われ、青年向きのコミック雑誌を提案し、受け入れられた。

もう建物も社員で満杯で、業績も上向いているところから、社長は新しい社屋を建てることに決め、社員に公表した。

地下一階、地上六階建ての社屋は翌年には出来上がり、執筆陣を交えて華々しいお披露目パーティーが催された。寛治は最初に社員として勤めた神保町の借家の社屋のことを思い、感慨に浸るのだった。社長室は五階のワンフロアを占め、床にはふかふかの絨毯が敷き詰められる豪華さだった。

「靴が埋まっちゃうぜ」

社長室の調度品を運び込んだ業者の男が驚いていた。

しばらくして寛治はその社長室に呼ばれた。入ってゆくともう三人がいた。業務課長と次長と庶務課長だ。

「きみたち四人は来月の海外旅行に行ってもらう。行き先は香港とマカオだ。今までは台湾も入っていたが、日中関係の問題で、台湾は外されマカオになった。詳しいことは海野経理部長のところへ行って、日程やドルなど必要なことを訊きなさい」

「は、有難うございます」

四人はぺこりと頭を下げて社長室を出た。経理部長のところへ行くと、出版業界で計画しているパック旅行に組み込まれていることがわかった。もう、編集長や課長クラスの人が何組も行っているようだ。

寛治にとっては三度目の海外旅行になる。パック旅行で四人で一緒に行くので不安はない。昭和少年社で、まるでニンジンを目の前にぶら下げられたのとは大違いだ。税金を納めるより、社員に還元したほうがいいという考えのようで、寛治は社長でも随分違うもんだと思った。

出発が近づいた日、社長室に挨拶に行くと、社長は皆にドル札で小遣をくれた。これも驚きだった。

四人は旅の途中で、小遣をもらいっぱなしにはできないと、ゴルフ好きの社長にパターを土産に買って帰ることを決めた。

初めて見る香港は寛治には驚きばかりだった。アメリカ旅行では見られない風景があった。

ホテルは半島にあったが、宝飾品を売る店の前には銃を持った警備員がいたし、バスの窓から見る街は貧富の格差が目立った。ある時は麻薬患者の更生施設も見せられたし、中国との国境でも、川を隔てた対岸には銃を持った中国兵が警邏《けいら》している。

香港島では金持ちの住宅の豪華さが目を見張らせた。海上レストランにはサンパンという小舟で向かった。貧しそうな船頭家族が、実は船底に金塊を隠し持っているのだとガイドから聞かされて、寛治はこれにも驚かされた。

マカオには水中翼船で向かった。寛治は船酔いが怖かったが、これは少しも揺れず快適だった。

マカオの街はポルトガルの租借地なので、香港とは違った街だった。黄色い建物が目立った。古い教会跡の前で記念写真を撮る。これが観光の定番のようであった。ここでは一般の人々の姿が見えない。一般の人々はどんな生活をしているのだろうと寛治は思った。

後はカジノでギャンブルをするのが観光客の楽しみの定番のようであった。寛治は「大小」と呼ばれる賭けをしたが、単純なのでばからしくなって止めた。それにしても、ディーラーが先を読むのには感心した。

しかし、これらの場所で生活している一般の中国人の貧しい生活ぶりが見えて、あまり楽しくはなかった。日本の豊かな生活と比べると、何とも日本に生まれて良かったと思うのだった。

香港への旅行は寛治に日本への思いを新たにしたのだった。

帰国してから社長に言うと、

「海外に行くと、皆日本を改めて見直すんだ」

と、社長はそう言った。

十六

彼には新しいコミック雑誌の準備が待っていた。

寛治が手掛けた青年向けのコミック誌はそこそこの成績を上げた。赤字にはならないが、大きな黒字でもないと営業部の報告であった。それでも部員四名で一年間に一億円近くの黒字を生んでいた。

少年週刊誌や、月刊誌、少女雑誌、女性向けコミック誌、青年誌など、コミックを主体とした雑誌は皆好調に売り上げていた。ただ社長が業界でコミックだけの出版社と言われるのを嫌って出している、活字主体の雑誌は売れ行きが悪い。見栄で出しているのだから、赤字は覚悟なのだと皆は納得していた。それだけ他の雑誌が売れて余裕があったのだ。

暫くして、寛治は少女雑誌の編集をすることになった。しかし、今度の少女雑誌は以前と違い漫画ばかりなので、勝手が違う。その上漫画家を専属のような形で縛って、他誌に描かせないようにしているのだ。岡崎書房では少女雑誌を二つ出すのだ。読者層に少し年齢の違いがあるが、寛治は社内でこんな争いになるのは嫌であった。

ある日、寛治の家に島田がやって来た。島田は寛治とは違うもう一方の少女雑誌の編集部員でなかなか優れた編集者だと寛治は思っていた。たまたま彼の家が寛治の家に近かったこともある。島田は来ると、

「人事異動のとき、小日向さんの編集部に入れてもらいませんか。とても今の編集長の下ではやっていけないんです」

と言う。どうも今の編集長とは合わないらしい。

「わがままなんじゃないんです。勝手なことばかり言うんですよ。とてもついていけないんです。いい漫画家を連れてくると当たり前で、たまには大したことのない漫画家もいるんで、それをあしざまに言うんです。これじゃあやってられません」

寛治はそんな確執があるとは知らなかったから、人事異動の時に社長に言ってみよう

と応えた。

その頃、会社では創業者は会長という立場に退いて、実務は息子に継がせていた。その社長は年に二回ほど定期的に人事異動も行っていた。寛治はその時、島田を欲しいと言った。しかし、それは無視された。次の人事異動でも寛治は同じことを言ったがこれも無視された。島田にそのことを言うと、彼はとんでもないことを言うのだった。

「実はある大出版社から共同で会社を設立する誘いが来ているんです。異動が駄目の場合はその話に乗るかもしれません」

寛治は驚いた。しかし、だから、人事異動で島田をくれとは言えない。そんな理由を社長に言ったら、どうなるか知れたものではない。それで、寛治は仕方なく、次の人事を相談されたときも、ただ島田をくださいとしか言えなかった。

そして、彼は寛治に言った通り会社を辞めて、新しい会社設立に旅立っていった。その時になって社長は怒ったが、寛治は「だから、言ったじゃないですか」と腹の中で思っていた。父親の創業者だったら、寛治の言うことを聞いていたかもしれないと思うのだった。

寛治が香港旅行から帰ってきて四年もしたころ、今度はヨーロッパ旅行に行けることになった。毎年出版業界が、ドイツのフランクフルトで開催される国際見本市を見学する団体を送っていて、岡崎書房も毎年四名ほど幹部社員を行かせている。

寛治も他の編集長と営業課長ら四名で行けることになったのである。旅行好きの会長の計らいであった。

「その代わり、帰ってきたら報告書を出してもらう。税務署の目がうるさいからな」

と、言われた。毎年、行った者は皆出しているらしい。

「まあ、世界を見てくると視野が広くなってプラスになるからな。観光旅行ではあるが、何か得るところがあると思う」

会長にそう言われて、寛治は良く見てこようと思った。

成田空港からドイツのルフトハンザ航空で、まずソ連のモスクワに着いたときは、十月だと言うのに三度という寒さで驚かされた。なるほど銃を持ったソ連兵が厚いコート姿だ。空港で出迎えてくれたガイドからホテルの名前を初めて聞かされた。寛治はどこに泊まるのかも知らされていなかったのである。これが共産圏の常識なのかと思った。

バスで市内を見て回りホテルに着いて、粗末な食にありついた。黒パンにハンバーグ、ビールにケーキである。しかも、寝ようにも荷物が遅れていて寝られない。随分たって荷物が届けられた。届けてきた五十代のポーターは身振りでチューインガムをねだるのだった。よほど物資が不足しているようである。

翌日一日は市内観光。初めて地下深い地下鉄に乗った。エスカレーターを駆け下りて行く客もいる。ホームの天井には豪華なシャンデリアが下がっている。核シェルターにもなっているのではないかと寛治は思った。

夜七時半、ショウを観ながら夕食。期待していなかったが、これは西欧並みの食事だった。ショウではセミヌードの踊りを見せた。昨夜の粗末な夕食との落差に驚かされた。

翌日の朝食後、モスクワ最大と言われる書店に行く。国営なのだという。店員と職員合わせて二百五十人が働いているというが、公団の団長、日本でいう社長に当たる人が、紙が不足していて十分な発行部数は出版できないと言った。この国では出版は予約を取ってからするようだ。何とも不自由なことである。紙の不足は深刻で、外国人専用のホテルのトイレットペーパーも硬くて流れないし、ルーブル紙幣も小さくてまるでおもちゃのお札のようだ。それすらも国外持ち出しができないという。ソ連の経済はどうなっているのだろうと寛治は思った。

冬のモスクワから三時間ほどで着いたイタリアのローマは二十五度という真夏の暑さ

で、寛治たちを閉口させたが、ソ連の緊迫した雰囲気から解放された空気は何とも言えないものだった。観光バスに乗って、コロッセオをはじめとする古代イタリアの遺跡を巡った。地下に延々と続く墓地のカタコンベ、映画『終着駅』の舞台となったテルミニ駅、ヴァチカン宮殿、映画『ローマの休日』に出てくるパンテオン広場のカフェテラス、トレビの泉など、寛治の興味ある地を回った。

夜はカンツォーネを楽しんでローマの二日間は終わった。

ローマのダビンチ空港から、ドイツに向かうので、いよいよフランクフルトかと思いきや、ライン川の船下りが待っていて、リューデスハイムでバスを降りた。川の両岸には古城が点在していて、おとぎの国に来たよう。ローレライの先で船を降りて、フランクフルトに向かった。

メッセには世界の出版社が参加していて、日本からも大手の出版社がいくつもブースを出していた。ここで、翻訳本を出す契約などの交渉をするという。外国の出版物は見てもわからないので、寛治たちは会場の雰囲気の大規模なのに圧倒されるだけだった。

メッセを出て、街中を散歩して土産物を買ってホテルに着く。翌日はベルリンだ。

パンナム機でベルリンに入る。ドイツは東西ドイツに分断されて、ソ連と自由主義国側に別々に統治されている。ベルリンの自由主義国側は周りを共産主義組織に取り囲まれているのだ。ベルリンを共産側が封鎖したとき、アメリカは空輸で西ベルリンを救った。ベルリンの壁を越えて西側に逃げようとした人々はソ連兵によって殺害された。その墓があって、東西対立の深刻さを感じた。バスで西ベルリンから東ベルリンに入るときも、出るときもバスはギリギリの幅の道をジグザグに通らなければならないし、銃を持った兵隊の検査が厳しくて、寛治たちは怖気をふるった。

「どこから監視されているかわからないので、カメラはしまってください」

と、ガイドが言った。ブランデンブルク門にはソ連兵が銃を持って立っていた。

フランクフルトに戻ると、皆ほっとした。自由の尊さが実感されたのであった。

翌日は中央駅からスイスのジュネーブに向かう。途中で乗り換えたりして、ジュネーブに着いたときは小雨が降っていた。列車がスイッチバックを繰り返していたのは、相当の高地にある証拠だと寛治は思った。

夕方ホテルに着いて、翌朝も小雨が降っていた。小雨の中を寛治はレマン湖まで散歩した。

朝、バスで一路シャムニーに向かう。これからモンブランに行くのだ。右手の山肌に白い垂れているようなものが見えた。ガイドが氷河だと言う。芹澤光治良の作品に、氷河に入って自殺する件があったのを寛治は思い出した。

シャモニーから二段階ロープウェーで上がる。寒さが厳しく毛糸のセーターの上にコートを羽織ってもまだ寒い。見晴らし台に出ようとしたが、ブリザードが強くて引き返さなければならなかった。これを諦めてジュネーブに戻り、国連事務局のビルなどを見た。

雨のジュネーブから空路ロンドンに向かう。ロンドンまでは一時間半ほどだが、晴れていてヒースロー空港に近づくと、ロンドンの夜景が宝石を散りばめたようにきれいに見える。

翌朝、ホテルの窓から外を見るが、スモッグでほとんど何も見えない。

バスで市内観光に出る。ウエストミンスター寺院、ビッグベンなどを見て、バッキンガム宮殿の衛兵交代式を待つ。

大勢の見物客、観光客が見守る中を式が始まった。黒い帽子、赤い服とまるでおもちゃの兵隊である。交代式の間中、軍楽隊によって音楽が演奏されるのだが、この日は映画『ウエストサイド物語』のテーマ曲だった。次いでロンドン塔に入る。夏目漱石の

『ロンドン塔』を読んで行ったから、ここが牢獄だったことを知っているが、当時は恐ろしいところだったろうと寛治は思った。

翌日は国際列車でフォークストーンに行き、フェリーで英仏海峡を渡った。フランスのカレーに二時間足らずで着き、ここから又国際列車でパリに向かう。パリ北駅に着いて、市内を観光して凱旋門近くのホテルに入った。

パリ市内観光でアンリパッド、エリーゼ宮、コンコルド広場などを回り、エッフェル塔をバックに写真を撮ったりした。街角に立つ警官のスマートな姿に感心した後、ルーブル美術館に入った。「ミロのビーナス」、「モナリザの微笑」など主だったものを見て回っただけで一時間半もかかった。

テルトル広場には画家や画家を目指す人たちが、イーゼルを立てて絵を描いている。昔のユトリロのような画家が輩出するのだろうかと、寛治は思った。

モンマルトルの丘近くのレストランで昼食を済ませた。食後、サクレクール寺院に行くと、貧しい身なりをした母子が近づいてきて、写真に入りたがる。許すとモデル料を要求されるというので観光客は逃げ回っている。

ナポレオンの戴冠式を行ったというノートルダム寺院。外から見ると実に豪華な装飾で、寛治は感心した。横を流れるセーヌ川に映えている。

夜遅く、ムーラン・ルージュにショウを楽しみに行く。寛治は日劇や宝塚歌劇の比ではないと思った。フランス人と日本人の体格の違いもあるかもしれないが、とにかく洗練されているのだ。帰ったのは一時近かった。二回目のショウは明け方の三時ころ終わるという。パリジャンは夜更かしを楽しむらしい。

翌日はベルサイユ宮殿を見に行く。外観は左右対称のシンメトリーの建物で面白くないが、内部の部屋は豪華で、鏡の間だの礼拝堂だの、金ぴかの装飾で溢れている。寛治はこんなところに住んでいたら、庶民の生活はわかるはずもないと、フランス革命が理解できた。

こうして、寛治たちのフランクフルト・ブックフェア見学旅行は終わった。名目とは違う観光旅行ではあったが、ヨーロッパを目で見て感じて、教養を高めたことは事実で、これからの彼の人生に深い影響を与えることは事実だろうと思うのだった。


（完）

長瀞感傷旅行

一

長田三津夫は山形県の農家の三男として一九三五年二月に生まれた。兄とはそれぞれ三つ違いで、三津夫が中学に入るときには、長兄は父と農業をし、次兄は県の農業高校に入っていた。

三津夫が中学二年の時だった。東京の劇団が地方巡業にやってきた。演目はイプセンの『人形の家』と、菊池寛の『恩讐の彼方』だった。ストーリーも感動させたが、三津夫は俳優たちの醸し出す迫力に心を揺さぶられたのだ。劇は中学校の講堂で行われたのだが、マイクなしに隅々まで通る俳優の台詞に、満場の観客が魔術にかかったように舞台にくぎ付けになった。こうした初めて生の演劇に接して、今までに経験したことのない感動が、彼に将来は演劇に身を捧げるのだと決心させたのである。

三津夫は高校に入ると、演劇部に入り部活動に熱中した。彼は文学全集に載っている戯曲や戯曲集に載っている戯曲を手当たり次第に読んだ。登場人物になりきって、誰もいない川岸で一人演じてみたり、演出家になったつもりで、ここはこうしたほうがいいなどと考えたりした。そのため国語以外の勉強はおろそかになって、期末には進級も危うい有様となったが、演劇部の部長をしていた教師のおかげで辛うじて進級できたのであった。

「おまえには感心するよ」

と、言うのは小学校から同期の牧野太一だ。彼は演劇にはそれほど興味を示さないが、なぜか三津夫とは仲がいい。三津夫と違いクラスで何番という秀才なのだが、それを少しも鼻にかけないのである。三津夫はそれが好きなのだ。

二年になっても三津夫の演劇熱は醒めることはなかった。次兄は農業高校を卒業すると、農協に勤めていた。兄二人が働いているので、家計は幾らか楽になった。

「おれ、卒業したら東京に行く。東京で働くから、家には迷惑かけない」

そう言って父母を説得した。

「働くって言うけど、勤め先はあるのか」

「友達も東京で働くって言ってるから、大丈夫だ」

「そうか。でも、尻尾を巻いて帰って来るなんてことはできないぞ」

「うん。絶対に逃げ帰るなんてしない」

三津夫の決意が固いので、両親も諦めたのだった。しかし、彼には卒業間近になっても勤め先のあても何もないのだった。ただ、風の便りで、先輩が東京で働きながらアメリカへ行くという話を聞いて、何とかなると思っているのだ。

だが、住むところを何とかしないとどうにもならない。仲のいい牧野太一が大学に進学することが決まった。

「一か月くらいならただで同居させてやるよ。狭いけどな。食事は外食だぜ」

と、牧野のアパートに同居させてもらえることになって、彼はほっとした。

「持つべきものはいい友達だな」

「おべんちゃら言うな。きっといい劇団員になれよな」

彼が演劇に入れ込んでいるのを知っている牧野は、そう言って励ますのだった。

「ああ。約束する。成功したら、芝居を見に来てくれよ。入場券は送るから」

二

三津夫は東京に着くと、すぐ地図を頼りに牧野のアパートに向かった。アパートは西武線の野方駅から歩いて十分ほどのところにあった。二階建て八部屋のこぢんまりしたアパートだが、かなり古いのは見てすぐわかった。大家は牧野の父親の知り合いらしい。牧野の父親が学生時代にここで世話になったのかもしれない。

部屋は押し入れとガスつきの六畳間一部屋で、トイレも水場も共用だ。ガスつきというのは、炊事もできるということだが、もとより若い連中にはそんな気はない。三日ほど前に来ていた牧野は、もう荷物を片付け終わっている。

三津夫は牧野と一緒に野方駅に行き、チッキで田舎から送ってきた布団一式を受け取ってきた。チッキというのは鉄道に依頼して駅宛に荷物を送ってもらう仕組みだ。これも三津夫には初めての経験だった。

「何だか、家を離れて住むなんて不思議な感じがする」

「おれも初めてさ。これからは飯も外で食べなきゃなんないから、食堂を探しといた。おれは昼は大学の学食があるようだからいいとしても」

二人は三津夫の荷物を片付けると、駅のほうに歩いて行った。

駅のそばには定食の食堂があった。

「ここはまず一番で、他にはなかった」

「ふうん、そうか」

牧野の言うように八百屋や魚屋や果物屋くらいしかない。その他は古道具屋が一軒。

「あそこで、机があったら、買っていこう」

「そうか、勉強するには机がなくちゃな」

三津夫は田舎で机に向かって勉強したことなどない。寝転んで本を読んだり、炬燵で宿題をこなす程度だったから、やっぱり頭のいい奴は違うなと思った。

「腹が空いたな。仕方ない。今日はパン屋でコッペパンにピーナッツバターでもつけてもらって、帰って食べよう」

二人は古机を持って部屋に戻った。早速、買ってきた古机を雑巾で拭いて、その上でパンをかじった。

「今日は疲れたな。布団にもぐって寝ながら話そう」

「うん。牧野、おまえは大学で何を勉強するんだい。将来は何になりたいんだ」

「おれ、地理が好きだから、外国で地理の研究をしたい。日本で勉強して、将来はエジプトとか、南米とかで研究したいんだ」

「ふーむ。それは凄いな。おまえならきっとできる」

「まあ、夢だけれどな。ところで、おまえは明日はどうする。おれは大学に行って手続きをするけど」

「おれは劇団に行く。どこと当てはないが、当たって砕けろさ」

「そうか。うまくいくといいな」

牧野と三津夫は夜遅くまでしゃべって、いつの間にか寝入っていた。

翌日、牧野と三津夫は駅前の食堂で朝食を取ると、牧野は大学に、三津夫は都心に向かって電車に乗って行った。

三津夫は高田馬場駅で山手線に乗り換えて、更にバスを乗り継いで六本木の劇団を訪問した。芸能年鑑で調べて来ていたのである。入団したいという希望を述べると、劇団員養成学校に入ることを教えられたが、本年のテストは終わったので、来年受けたらどうかと言われた。田舎から出てきた若者が、紹介もなしで入団できるわけもなかった。しかし、彼はへこたれなかった。次は信濃町にある劇団を訪れた。ここでも俳優養成所を受けることを教えられたが、今年はもう締め切られたと言われた。

「そうか、大きな有名劇団じゃだめなのか」

彼はもう一つの劇団を江戸川区に訪れたが、やはりここでも断られてしまった。昼を過ぎていた。歩き疲れて腹も空いたので、駅近くの蕎麦屋に入った。

（こんな状態ではどうにもならない。牧野のところにも居続けることはできないから、早く住むところも何とかしなければならない）

食べ終えて料金を払うときに、思い切って訊いてみた。

「おじさん、お宅ではアルバイトを雇うことはありませんか」

すると、レジで三津夫から料金を受け取った店主とおぼしき高齢の人は、

「そうねえ、うちじゃあ家族でやっているから、バイトは要らないね」

と言った。なるほど、レジから見えるところでは、店主のおかみさんらしき人と、息子らしい中年の男と、その妻とおぼしい人たちが忙しく働いている。

三津夫は店を出て、どうしたらバイト先を見つけたらいいか考えながら歩いた。できれば住み込みがいいか。住み込みは部屋代はかからないが、自由が利かない。バイト代で部屋を借りるなんてことができるのか。

それからは思いあぐねて、街を歩き回った。牧野はそんなことを三津夫から聞いて、

「見つかるまで、ここにいてもいいよ」

と、言ってくれたが、そんなに牧野に甘えてはいられないのである。彼は次の日もほ

うぼう歩き回った。昼は買ってきたピーナッツバターをつけたコッペパンを食べ、公園の水道の水を飲んで飢えをしのいだ。

大久保の駅近くを歩いているときだった。一軒の中華料理店の店先に「アルバイト募集」の張り紙を見つけた。飲食店の忙しい時間は大体二時くらいまでだから、そのころを見計らってその宝来軒の店の暖簾をくぐった。店に客はいなくて、店主らしい中年の男がラーメンをすすっている。

「あのー、ぼく、店先のアルバイト募集の紙を見て来たんですけど、マスターですか」

と、三津夫は話しかけた。

「ああそうだよ。ちょっと待って。すぐ食べ終わるから」

マスターは残りの分を搔き込むと、三津夫に向き合った。

「アルバイトをしたいと言うの。そうか、それで学生じゃないようだけど、何している」

「ぼく、演劇が好きで、将来は役者になろうと山形の田舎から出てきたんです。でも、食べて行かなきゃならないんで、バイトしようとしているんです」

三津夫は今は住むところもないので、同郷の友達のところに居候をしていることを打

ち明けた。三津夫の話を聞いていたマスターは彼に同情したようで、

「そうか。そういう夢を持っているっていうのはいいことだ。雇ってあげよう。ただ、うちは住み込みというわけにはいかないんだ。住むところを決めなきゃいけないな」

「はい」

「新大久保の辺りに安いアパートがあるから、行ってみたらどうだい。収入の範囲内で決めないとね。住むところが決まったら、またおいで」

「はい、じゃあ行ってみます」

いい人に会えたと三津夫は喜んだ。

新大久保の辺りの不動産屋を見てみると、確かに安い物件があった。二階建ての木造家屋の二階で、三畳間だがほかの地域より安い。一階には三部屋、二階も三部屋で、炊事場もトイレも共用だ。三津夫は別に炊事をするわけではないから、不便はない。たまに洗濯をするだけだ。値段も手ごろなので前金を払って決め、宝来軒に戻って、マスターに報告するとマスターも喜んでくれた。

「それじゃあ明日からでも来ておくれ。仕事は皿洗いだから、そんなに難しいことはない。母さんに訊けば教えてくれる」

三

三津夫はすぐ野方に取って返した。牧野はたまたま講義が休講だとかで、アパートにいたので、今日のことを報告した。そして、布団一式をタクシーで運び、新大久保のアパートに住みつくことになった。

初日はおかみさんに教わって皿洗いをした。マスターは料理を作るほうで、おかみさんがお客との接待だ。注文を聞き、できると客に運び、最後は料金をもらう。三津夫は下げてきたどんぶりなり皿をすぐ洗うのだ。洗剤を使うと油まみれの食器も簡単に洗える。三津夫が来る前はおかみさんがやっていたので、客が来るとてんてこ舞いだったという。それでも二時を過ぎると客足はぐっと減る。そこを見計らって賄いで昼飯を食べる。三津夫にとってこんな嬉しいことはない。朝はパンをかじるだけだが、昼と夜は美味い賄い食が食べられる。

夜十時には店も閉める。店の掃除も彼の仕事だ。それが終わると歩いてアパートの部屋に戻る。

初日は疲れてぐっすり寝ていて気が付かなかったが、次の日から気が付いたことがある。道一本隔てて山手線の高架がある。そこを貨物列車が通るたびにすごく揺れるのだ。最初地震かと慌てて飛び起きた。それが貨物列車の通過とわかって、彼はこのアパートが安いわけがこれだったと気づいた。

(でもまあいいや。本を読んだり寝るだけだから。もっと収入が増えたら引っ越しをすればいいから)

彼はそう考えた。

店の定休日は月曜で、月曜日は街中を歩いて、東京の空気を吸った。考えてみれば彼は東京に来て、野方と下町のいくつかの駅近くを歩いただけだった。早稲田は田舎にいるときから憧れの街だった。それがすぐ近くにある。国鉄の高田馬場駅近辺はほかの駅近辺と変わりがないが、駅前からはバスが早稲田大学まで行っている。そこで、定休日には早稲田大学近辺まで空気を吸いに行った。やはり歩いている人も違うように思えた。こういう街で生活したら、演劇も上手くなれるに違いないと思った。

牧野から手紙が来た。大学近くに引っ越しをしたという。R大学だから池袋のほうが近くて便利なのだろう。慣れたら池袋を案内できると思うとあった。三津夫はまだ池袋には行ったことがない。牧野が住み慣れたら行ってみようとくらいしか思わなかった。

初めての旧盆が来た。藪入りといって、店によっては休みがあるが、三津夫は田舎に帰る気はなかった。

「田舎へ帰らなくってもいいのかい」

と、おかみさんが言ってくれたが、彼はいいんですと応えた。この時期、休みの店が多いせいか、来る客が結構多いのだ。こんな時に店を閉めていてはもったいないと彼は思う。いつの間にか経営者のような考えになっているのがおかしかった。マスターが喜んで、「三津夫のおかげで助かるよ」と喜んだ。そして、いつものほかに別封筒で小遣をくれた。

彼はそれらを無駄遣いせず預金した。何かが起きても困らないようにだった。演劇集団に入る場合だって、無一文では何もできない。もし、失業しても、食いつなぐだけの金が必要だ。

定休日になると彼は早稲田大学の近くを散策した。この街はなぜか彼に親しみを感じさせるのだった。

ある日、昼近くになったので、大学近くの食堂で食事をしようと一軒の食堂に入ったところ、一枚の張り紙を見つけた。それには、「演劇に情熱を燃やす若者よ、来たれ。早稲田演劇研究劇団」とあった。早速出かけてみようと、店主に場所を訊くと、高田馬場駅近くにあることがわかった。

帰りがけに教えられた場所に行くと、そこは倉庫の跡のようであった。消えかかった文字が「高田馬場倉庫」と見えて、脇のドアに手書きの表札のようなものが張り出されている。

「ここか。早稲田演劇研究劇団というのは」

何か、いかがわしそうに見えるが、三津夫は思い切ってドアを開けた。

「ごめんください」

と少し大きな声で言うと、奥から若い男が出てきた。三津夫より幾つか年上のようだ。

「入団したいんですけど、テストでもあるんですか」

「きみは何で入団したいんですか」

そう言われると、三津夫は田舎で移動劇団の劇に感動して、以来劇団員になって人を感動させたいと考えるようになったと、答えた。

「そう、役者になりたいというわけだね」

「はい」

「しかしね、演劇人というのは食えないよ。それでもなりたいの」

「食うのは何とかします」

彼はここぞとばかりに言った。

「じゃあ、これ大声で読んでみて」

一枚の紙を渡された。それにはハムレットの中の台詞が書いてあった。

彼はかつて読んだことがあるから、大きな声で感情を入れて読み上げた。聞いていた年配の人が笑顔を見せた。

「オーケー。合格」

劇団員は全部で二十人足らずで、彼はその末席に入ることになった。団員は皆アルバイトをしているから、集まれる時間は夜が多い。三津夫の店は夜は八時には客が減るので、練習日は洗い場を奥さんに任せることで都合がついた。夜の練習は三津夫には好都合でもあった。

と言っても、最初から先輩と一緒に稽古ができるわけではない。次の公演の準備のための大道具、小道具づくりの手伝いをさせられたり、稽古が終わった後の掃除もしなければならない。そうしながら彼は先輩たちの演技、演出家の言葉を聞き洩らさないようにした。

先輩の一人が三津夫に声をかけてくれた。

「きみはどこの出身だい」

「は、山形です。なまってますか」

「いや、そういうことじゃないよ」

「先輩はどちらですか」

「『先輩』はよそう。『ゲンさん』てえのはどうだい。仲間はゲンと言ったり、ゲンさんと言ってる。おれの名前は上野山源太郎っていうんだ。だから、どっちから言っても長くて面倒。それで誰もゲンと言うようになった。だから、長田もそう呼びな」

「はあ、じゃあ、ゲンさんと呼ぶようにします」

四

三津夫とゲンさんこと上野山源太郎とはすぐ親しくなった。三津夫は彼から劇団の裏事情などをいろいろ聞いた。演出家の鎌倉士郎は元池袋にあった劇団にいたが、そこの演出家と意見が合わず今の劇団を創設したのだそうだ。劇団は都内にもたくさんあるが、ここの舞台監督をしている鎌倉士郎をゲンさんは尊敬しているという。

入団早々は掃除をしたり、先輩たちの演技練習を見ていたりしていたが、そのうち端役が回ってきた。単なる通行人で、タバコを吸っていて吸殻を道に捨てる役だ。簡単なのに監督から何回もダメだしが出た。演出家はどこがいけないのか言ってくれない。三津夫は監督にいじめられているのかと思った。タバコを吸っていて、自分だったら道で吸殻をどうするか。道端に捨てて靴でもみ消して過ぎるか。タバコを吸ったことがないから、わからないのである。

その役の人物はタバコの吸殻をどうしたらいいのか、道を汚していいのか、迷っている姿勢をみせたら、演出家から「それでいい」とOKが出た。三津夫は一つ勉強したように思った。しかし、これは単なる演習に過ぎず、そういう劇ではなかったから、舞台に立てるのではなかった。

劇団は三か月に一回、小劇場を借りて、一週間ほどの公演を打っている。座席は百程度の数の小劇場だから、満席になってもペイしないのは三津夫にもわかる。劇団の幹部はテレビやラジオの番組に出たりして、出演料を劇団の経営につぎ込んでいるのだろう。

三津夫の入ったときの最初の公演では、三津夫は大道具係として、林の中に赤いレンガ造りの家がほの見えるといった背景づくりをさせられた。どんな戯曲か知れず、先輩の言うままにベニヤ板を切ったり張ったりしただけだった。

そのうちに戯曲を見て、こんな背景がいいのではないかと提案すると、監督からＯＫが出るようになった。それは三津夫には嬉しいことではあったが、大道具係として認められるより、早く端役でもいいから劇に出させてほしかった。

次の戯曲は河川敷で生活をしている一人の男の姿だった。

最初に河川敷にある小屋らしきところで男が生活しているところが現れる。男は五十代である。バックのスクリーンに川の流れが映し出されている。そこへ若いラジオのレポーターがやってくる。

レポーター「ここでの生活はどうですか」

男「どうってことないさ。誰にも邪魔されず快適さ」
小屋のような部屋をのぞいて、
レポーター「おや、ラジオもあるんですね」
男「ああ、世の中の様子がわかるからな」
レポーター「自炊ですか」
男「無駄な金は使わない。栄養はきちんと摂れている」
レポーター「はあ。いつごろからここに？」

暗転して、バックのスクリーンに、背広姿の男とその上司らしい男が映し出される。
上司「きみはここのところ、成績がちっとも上がらないじゃないか」
男「はあ」
上司「以前のきみはこの営業所ではトップの成績だった」
男は黙っている。そこで再びスクリーンの映像が変わる。
男の妻が病気で倒れるが、病院に連れて行き、そのまま看病もせずに、仕事の成績を上げるのに没頭する。妻は一週間後に病院で亡くなる。それを境に彼の仕事への熱意が失せてしまう。
男「おれは今まで何のために仕事に打ち込んできたのだ」
　妻が亡くなった今、彼の心を埋めるものはなかった。仕事での成績はどんどん落ちて行き、彼は退職を選んだのだ。
　そこで再び暗転して、元の河川敷にいる男が映し出される。
レポーター「そうですか。じゃあご家族はいらっしゃらないんですね」
男「子供もいないし、妻が死んでしまったから、天涯孤独さ。会社から逃れただけでも幸せだ。しかし、ここには仲間がいる」
レポーター「ほう。お仲間が」
男「ああ、損得抜きのつきあいさ。勤めているときにはいなかった。表では仲間のふりをしていたが腹の中では競争相手だった。あんたらもそうじゃないかい」
　レポーター、無言。
男「うちの畑でも見ていくかい」

レポーター「畑があるんですか」
　レポーターが小屋の周りを歩いて感心して言う。
「今、枝豆がなってますね。こっちにはナスとキュウリが。なるほど。いや、驚きました。それじゃあ、また伺います。有難うございました」
　と、レポーターが帰ってゆく。それと入れ違いに薄汚れたシャツを着た男が三人現れる。手には缶ビールを持っている。
中の一人「ラジオが来たんかい」
男「ああ、もう帰った。ちょっと待っててくれ。今、枝豆を用意するから」
中の一人「ああ、ありがてえ。兄貴んとこはつまみがうめえから」
男「はははは。こんな楽しいときはないぜ。損得なしの付き合いだからな」
　そうして酒盛りが始まると、照明が徐々に消えて幕になる。

　しわぶき一つ聞こえなかった客席に、ほーっと息を吐くようなときがながれ、役者がいなくなった舞台に再び灯りが点いた。
　先程まで舞台で演技をしていた役者がそろって、帰りかけている客に「有難うございました」と礼を言っている。

それを見て、三津夫は自分もこういう役者の中の一人になれたらいいと願うのだ。

五

一年もしたころだった。三津夫がバイトをしている店の主人が突然脳梗塞で倒れたのだ。店を閉めてこれから銭湯に行こうとしているときだった。おかみさんが救急車を呼んで、主人と病院に行ってしまったので、三津夫は一人留守番をすることになった。

店はどうなるのだろう。閉めるとなると、自分の仕事はどうなるのか。主人のこともさることながら、自分のことが心配になるのだった。

おかみさんは、しばらくして戻ってきた。完全看護なので、付き添っていることができないとのことだった。容体はすぐどうってことないようで、ひとまず安心した。

「少しの間なら、あたしに父さんの代わりができないこともないけど、大人数のお客が来たときはとても対応できないし、毎日となると、無理だと思うの。だから、父さんの容体を見て、店をどうするか決めたいの」

おかみさんが言うのももっともだと思った。

三津夫はおかみさんに頼まれて『しばらくの間、休業します』と書いた紙を店のガラス戸に張った。

「三津夫くん、明日から来られないから、これ少しだけど」

と、おかみさんが封筒に入れたものを差し出した。お札が入っているのがわかる。三津夫はこれは絶対に受け取ってはいけないと思った。

「おかみさん、これは頂けません。病院の費用にしてください」

と、彼は辞退した。

「有難う。でも、三津夫くんだって、明日からの生活が大変じゃないの」

「まあ、何とかしますから」

そう言ったが、やせ我慢だ。ここ宝来軒では、昼と夜の食事は賄い飯で食べられたが、閉店となると彼は毎食の食事の心配もしなければならないのである。でも、しばらくの間でも世話になった店主が入院となると、我慢しなければいけないと思う。

こうして、彼は明日からのバイト先を見つけることになった。それまでに少しずつ貯金していたから、すぐに食えなくなることはなかったが、貯金を食いつぶすのは不安しかなかった。三度の食事を二度にすることもある。バイト先を見つけるまでは我慢だと思う。

貯金の残りがあと少しというところで、新しいバイト先を見つけた。駅前から少し入った路地に八百屋があった。ここで期間限定のアルバイトを募集していたのだ。

「どうして期間限定なんですか」

と三津夫が訊くと、店主は、

「これからキャベツが出回るけど、外側の葉を取らなきゃならない。お客は汚れたりちぎれたりした葉の付いたキャベツは嫌がる。だから、葉を取るのさ。そのほか暑くなるとかき氷も始める。忙しくなるけど、それも暑さが過ぎれば止めるから、バイトは要らなくなるんだよ」

「はあ。雇ってもらえるんですか」

「ああ、期間限定でよければ、明日からでも来てくれ」

三津夫はアルバイト料を聞いて、宝来軒より幾らか多いので働くことにした。

ここでは賄い飯はないから、宝来軒より条件はいいとは言えない。でも昼は握り飯が出たり、店主のおかみさんが作った飯が食えたので、条件は同じくらいだった。暑い日には客の途絶えた折に、かき氷を食べられたのが役得だった。

キャベツの葉や売れ残りの野菜、果物などは家畜の飼料として回収されていたから、無駄ではないようだった。

三津夫にとって都合がよかったのは八百屋は営業時間が長くないことだった。夜七時には店を閉めるから、演劇研究所に行くには楽だった。皆が来るのは八時頃で、宝来軒の時のように早引けの気が咎めることはない。

しかし、それもしばらくだった。限定の期限があっという間に来てしまったのだ。

「三津夫は早く来るが、いいバイト先だな」

「ゲンさん、それがもう終わりなんですよ」

「それは大変だな。又バイト探しか」

「そうなんですよ。どこかいいバイト先はありませんかね」

この演劇研究所に通っている者は、ほとんどと言っていいほどアルバイトで生活している。劇団に所属しているというだけでは飯は食えないのである。

「うーん。おれのバイト先はいっぱいで、おれの首も長いことなさそうだしな」

「ゲンさんもそうなんですか。厳しいなあ」

劇団ではゲンさんに教わって、近くの広場で一人で発声の練習をしている。広場なら大きな声を出しても大丈夫だ。しかし、食うことも重要だ。毎日貯金が減っていくのをみると、三津夫は焦らないわけにはいかない。

そんな日に電柱に張り紙がしてあるのを見つけた。それは自動車の運転助手の求人だった。すぐその自動車会社に行った。彼は運転免許を持っていないから、ダメかと思ったら、引っ越しの手伝いなので採用が決まった。引っ越しの最盛期は三月から四月で、秋口も結構多いらしい。トラックの助手席に乗って行くのは初めての経験であった。

ほとんどが東京都内の引っ越しなので、彼にとっては都内を遊覧するようで、いろいろの地名や道が覚えられた。引っ越しの場合は家具などを傷つけないように気を付ければ、後は重いものは二人で運ぶから、体力さえあればどうということはなかった。

仕事は夜遅くなることはなく、劇団に通うには支障がない。今では彼も歩行人Aから一応役名の付いた端役に連なっていた。

故郷を出てから三年が経っていたが、正月に帰省したのは一度だけだった。時折手紙は書くが生活は順調としか書いていない。バイトで生活が苦しいとは何としても書けないのは、故郷を出たときの決意がそうさせるのである。

そんな時に次兄がやってきた。農協の集まりに出席した帰りに寄ると連絡があって、三津夫の生活ぶりを見に来たのである。

次兄は三津夫のアパートを見てびっくりした。東京は住む所が狭いとは聞いていたが、こんな三畳間に寝泊まりしているとは想像もできなかったのである。故郷の我が家とは比べものにならない。

「今夜、お前の部屋に泊まっていってもいいかな。いろいろ聞きたいこともあるし」

と、次兄は三津夫の顔色を見ながら訊いた。

「狭いけど良ければいいよ。田舎の家とは比べ物にならないけど。父さんなんかには黙っていてほしいんだ。心配かけたくないから」

「わかった。アルバイトで飯は食えるのか。アルバイトもいいけど、体を壊さないようにしろよ。今、演劇のほうはどうなんだ」

「まあ、やっと役名の付いたものに出られるようになっているんだ。先輩も期待してくれている。主役になれるのはまだまだ先だけど」

「そりゃあそうだ。どんな世界でも三年や五年じゃ無理というもんだ」

兄弟は夜更けまで話した。

昼の疲れからかどちらともなく寝入っていた。

六

次兄が帰ってからしばらくして、三津夫は長兄の娘の江里花が来年は七五三の祝いをすると知った。彼が故郷を出るときは、まだ三歳だった。それまでには何とかして何がしかの祝いをしてやらなければと思う。

何とかするには、支出を減らさなければならない。支出といえば食費を減らさなければならないのだ。朝はパンにピーナッツバターを付けて済ます。昼は食堂で一番安い焼き魚定食を食べる。鯨のステーキは二週間に一度くらいしか食べられない。夜はラーメンか、肉などほとんど入っていないカレーライスだ。体を壊さないように時折はカツ丼か親子丼を食べるが、それも一か月に一度くらいなのである。

こうして貯めたのがやっと七千円になった。そろそろ祝い金を送ってやる時が迫ってきたので、忙しくて帰省できないと言い訳の手紙を添えて五千円を送った。

長兄からはしばらくして礼状が届いた。しかし、三津夫の生活は逼迫していた。一週間の食費がギリギリのところなのだ。アルバイトだって、いつ打ち切られるかわからない。せめてもの救いは、劇団にいられることなのだ。劇団に行っている間は生活のこと一切を忘れることができる。

引っ越しの仕事は、先輩が引っ越し先で荷物量を調べて来て、多いときはトラックを二台で行く。一台の時は運転席にもう一人バイトが乗って行く。荷物の上げ下ろしは重労働だが、三人いればそれほど苦痛ではない。往復は運転助手だから気は楽だ。この仕事に就いてからは、三津夫はずっと辻村の助手のような形で仕事をしている。

朝会社を出るとき受付に時間と場所を言うと、受付の小暮百合絵がそれを記入し、帰って来ると又報告する。それは経理に回って半月に一度給料としてもらえる。

ある時、三津夫は出がけに百合絵から紙包みを渡された。

「今日は遠いところだから大変ね。はい、これ」

と言った。

「えっ。何」

三津夫は驚いて訊いた。

「お昼のお弁当。あたしが作ったの。美味しいかどうかわからないけど、食べて」

「あ、有難う」

三津夫はそれだけを言うのが精いっぱいだった。百合絵はにっこりした。彼は今まで女性の誰からもそんなことを言われたこともなかった。

その日、三津夫は嬉しくてたまらなかった。運転手をしている辻村には冷やかされどおしだった。

「おい、今日は何だかニヤニヤして気持ち悪いじゃないか。よっぽどいいことがあったらしいな」

昼飯を食べるときは、三津夫はドキドキした。開けてみると海苔で巻いた大きな握り飯が三つも並んで入っている。それにキュウリの漬物、梅干しまでついている。

辻村は妻帯者だから、いつも弁当を持参している。

「おお、今日は豪勢な昼だな」

と、辻村に言われて、三津夫は顔を真っ赤にした。百合絵からもらったとは言えない。「ええ」といい加減な返事をしていると、引っ越し宅の奥さんが薬缶にお茶をいれて持ってきてくれた。引っ越しの注文者にもいろいろあって、食事をしているとお茶を出してくれる人もあるかと思えば、お金を払っているのだからと無関心の人もいる。業者にはやはりお茶を出してくれるようなところには好感を持つのは当たり前だろう。

その日は三津夫たちは帰りが遅くなったので、会社に戻った時には百合絵はもう帰っていた。

三津夫はその日家に帰ると、百合絵に手紙を書いた。

「今日は有難う。とても美味しかったです。次はぼくが何かご馳走します。

ぼくは劇団の研究生のような立場なので、夜は劇団通いです。劇団員になれたら劇にも出られると思います。そうしたらご招待します。

なおぼくは期限付きのバイトなので、四月いっぱいで、会社に行かなくなるので、その前にどこかへ行けたらいいと思います」

百合絵から返事が来た。

「お休みの日に浅草へ行きましょう。間借りしている大家さんの奥さんに訊いたら、浅草がいいって。高田馬場駅で十時に待っています」

こうして、二人は山手線で上野へ行き、そこから地下鉄で浅草に行った。

浅草は二人にとって初めてだった。冬だというのに凄い人出に驚かされた。やっとの思いで雷門を通り仲見世通りを歩いたが、両側にどんな店があるのかわからずじまいであった。とりあえず浅草寺にお参りして振り返ると、人の群れが次から次へと押し寄せてくる感じだ。これでは今来た道を戻ることも難しいので、二人は横道へ抜けることにした。

そこには衣類などを売る店、食べ物を売る店など露天の店が並んで、冷やかしも交えて人が群がっている。

「ここも凄い人出だね」

「わたし浅草って初めてなの。こんなに混んでいるとは知らなかったわ」

「ぼくもだ。別の通りにも行ってみよう」

二人は別の大通りに出た。映画館やら見世物小屋のような建物が並んでいる。左手の大きな建物が国際劇場か。松竹歌劇団が根城にして活動していると何かで読んだことがある。映画館では外国映画が上映されているが、窓口で訊くと今からでは途中になると言われ、諦めた。洋画を途中から理解するのは難しい。歩いたので腹が空いた。

「何か食べようか」

「そうね。少しお腹が空いたわね」

彼らは通りに並んだ食べ物屋のうちの一軒に入った。中華料理の店だった。昼時を過ぎていたが店内はほぼ客で埋まっていて、熱気が凄い。空いている席に滑り込むようにして座る。壁にメニューが張り出されている。

二人はどちらからともなくメニューの下の値段を見やった。そしてタンメンを注文した。三津夫は以前中華の店でバイトをしていたから、どんなものか知っていたが、百合絵にとって初めての食べ物だった。

「どんなものなの」

三津夫はそばの人に聞こえないようにして百合絵に説明した。そして、若い男性の店員が持ってきた湯気の立つ丼の中身を見て、百合絵は注文してよかったと思った。女性一人ではこういう食べ物は食べられないのだ。

二人は食べ終わると、いまだに込み合っているので、ゆっくりもしていられないで、店内から出た。勘定は三津夫が払った。

外に出るとまた人混みに押されるようにして歩いて、いつの間にか地下鉄の駅に向かっていた。

「上野の動物園に行こう」

とっさに三津夫が言うと、百合絵はこっくりうなずいた。

七

動物園は子連れの家族が多かった。三津夫はなぜ動物園に行こうと言ったのか、自分でもわからなかったが、百合絵の嬉しそうな顔を見ると嬉しかった。

「あたし、動物園に来たの初めてなの。随分広くていろいろな動物がいるのね」

「うん、ぼくは東京に来た時友達と一緒に来たんだけど、初めての時はただ驚いてよく覚えていない。特に猿山にはびっくりしたね」

「猿はあんなにたくさんではないけれど田舎で見かけるから、どうということはないけど。象に驚いたわ。実物を見るのは初めてなんですもの。絵や写真では知っていたけど、実物は初めてだったの」

二人はそんな感想を話しながらいろいろな檻を見て歩いた。いつの間にか、百合絵が三津夫の腕に腕を絡ませている。

「動物園というところは人間が動物を見るところだけれど、あたしたちも動物に見られているのよね」

「はあ、そういう見方もあるね。今までそんなことは考えたこともなかった」

三津夫は百合絵という女性の考え方を面白く思った。

二人は一通り見終わると外に出た。歩いていると坂があった。左手に西郷隆盛の銅像が見えた。

「この銅像は西郷さんを忠実に表していないんだって、何かで読んだことがある」

「ふうん。そうなの」

坂を下りて行くと賑やかな街に出た。遥か先に大きな建物が見える。上野の松坂屋デパートのようである。路面電車（都電）が走っている。道を横断するといろいろな店が並んでいる。菓子屋もあれば布を売っている店もある。

二人はそれらを横に見ながら上野広小路の方に歩いた。人出が多い。肩がぶつかりそうになりながら、やっとの思いで広小路にたどり着いた。

絡ませている百合絵の腕に力が入って、三津夫は幸せを感じた。デパートの出入り口からはひっきりなしに買い物客が出てくる。時間なので買い物を済ませた人が多いのだろう。

二人は御徒町駅に入り階段を上った。駅からは御徒町の街がよく見え、北西の方角には今来た上野の森が見えた。

直ぐ来た内回りの山手線はわりあい空いていた。空いている座席に並んで腰かけると、百合絵が三津夫に話しかけた。

「三津夫さん、四月で雇止めよね。その後どうするの」

「どうするって、まだ決めていないよ。幾つか探しているけど」

「劇団のほうはどうするの」

「まだ、収入になるまでにはなっていないけど、辞めるつもりはない。このために東京にやって来たんだから」

「でも、生活もあるでしょ」

「まあ、見つけるさ。選り好みしなけりゃ、仕事なんて何とかなるって。いよいよとなったら水でも飲んで過ごせるし」

そう言う三津夫が百合絵にはすごく逞しく見えた。

「そんなことあったの」

「一度ね。さすがに腹ペコで参ったけど、一日で何とかなった」

三津夫はそう言って笑った。

やがて高田馬場駅に着いて、二人して電車を降りた。

「休みの日、又会おうか」

別れ際に三津夫が言うと、百合絵はにっこりして、「無理でないときね」と答えた。

無理でないときとは、百合絵のほうなのか、三津夫のほうなのか、三津夫にはなぞであったが、問いただすのもためらわれた。

その無理でないときが月曜日だった。土日は引っ越しが多く三津夫は休むことができない。夜は劇団の演習がある。月曜日は三津夫が休め、休もうと思えば百合絵も休むことができたのである。三津夫の休みは百合絵にはわかっているから、百合絵から誘いがあった。代々木公園の花見をしようと言う。三津夫はそれが嬉しかった。

高田馬場駅で落ち合って、二人は代々木公園へ向かった。三津夫がいなり寿司の弁当を買い、百合絵が魔法瓶の水筒にお茶をいれて来た。原宿駅を降りると同じような思いをした家族連れなどが同じ方向に向かう。公園に入ると、中央が草原になっていて、それを取り巻くように木が早咲きの花を付けた枝を伸ばしている。その下にシートを敷いて座り込んでいる組が見える。

月曜日なので、小さい子供連れの母親たちが多い。父親は会社があるから来られないのだろう。それでも、何組かの若者が見えた。三津夫のような仕事をしているのか、それとも欠勤して来ているのか。いずれも桜の木の下で車座になって酒を飲んでいる。

「みんなご機嫌ね」

「こんないい場所があるとは知らなかった。桜の季節でなくても、くつろぐにはいいところだね」

「そうね。そういえば、長瀞《ながとろ》を思い出すわ」

「あの埼玉県の秩父のほうのこと」

「そう。うちの田舎は栃木県だけど、田舎からは秩父鉄道を使うと真っすぐ行けるの。中学三年のときだったわ。先生に連れられて行ったのよ。ちょうど桜の満開の時期だった」

「ふうん。長瀞って聞いたことあるけど、どんなとこ」

「川が流れていて、その流れを舟で下るの。急流の所もあって、みんなきゃあきゃあ言って楽しんだわ」

「桜はどこにあったの」

「長瀞の駅から歩いていくと桜並木があったり、あちこちにも咲いていたわ」

「ふうん」

三津夫はそんな風景がはっきりとは浮かばない。それでも、桜の花の下で持参した弁当を広げ、百合絵の持ってきたお茶を飲むのは心温まるのだった。

八

花見以来、二人の間は急に接近したようだった。

ある夜、三津夫が銭湯から帰って来ると、百合絵とばったり出会った。

「どうしたの。こんな時間に」

三津夫が訊くと、

「今、三津夫さんのアパートに行って来たのよ。いないからどうしたのかと思って」

「そう、お風呂に行ってたんだ。来てくれて有難う。じゃあちょっと寄って行かない」

「うん」

そう言うと百合絵は三津夫の腕を取って歩き始めた。

アパートの住人には所帯持ちもいるが、彼らはもう夕飯を終わったらしく炊事場はあいていた。二階に上がると、三津夫はカギで部屋を開けた。取られるものなどないからカギなどなくてもいいのだが、一応付いているからカギをかけている。

「銭湯で牛乳飲んできたの？　喉が渇いてるならお茶を淹れるけど」

と百合絵が訊いた。

「有難う。じゃあお湯沸かすから、ゆりちゃん部屋で待ってて」

炊事場は三津夫の部屋の前にある。彼も時々はお湯を沸かしてお茶を飲むから、やかんに水を入れてガス台にかけた。すぐお湯が沸いて部屋に戻ると、百合絵が本立てを物色していて、言った。

「お部屋には何もないけど、戯曲の本はあるのね」

「まあ、それだけは命だからね。どれか読んだことがあるかな」

「戯曲って小説と違って頭に入りにくいの。昔何て言ったかしら、『国境の夜』とかっての先生が読んでくれたかな」

「ああ、それは秋田雨雀って人の戯曲だと思うよ。戯曲って読んでるだけだと、なかなか頭に浮かばないけど、劇を見るとすごく感動するよ。つまり命が吹き込まれるわけ。

ぼくは見ていないんだけど、先輩の話によると、劇団民芸というところがやった『炎の人』は凄かったそうだよ。これは絵描きのゴッホを主人公にした劇だったらしい」

「ふうん。三津夫さんが出る劇を見てみたいわ」

「いつかね」

百合絵に見に来てほしいと言えない今の状態が彼には残念でならなかった。しかし、一時間ほどして百合絵は帰って行ったが、彼は演劇の話ができたことが嬉しかった。百合絵は三津夫が雇止めになる四月いっぱいまでに仕事を探してみると言ってくれたが、あてにはしないで、とも言った。

「有難う。まあ、何とかしないと干上がってしまうからね」

三津夫は心配してくれるのが嬉しかった。

四月に雇止めになったため彼は又職探しをしなければならなかった。辞める時、助手をつとめている運転手の辻村が「時々寄ってみたら。仕事あるかもしれないよ」と言ってくれたがあてにはならないので、スポーツ新聞の広告を見ては良さそうな働き口に出かけて行った。いくつもに出かけて行ったけれど、なかなかいい働き口はない。こちらがいいと思ってももう決まっていたり、会ってみると、こちらが首をかしげるところだったりなのである。そんなことをしていると、いつの間にか二か月は過ぎていた。

少しずつ貯めていた貯金も底をつきそうになって、今ではそれを時々食べ物を持ってきてくれる百合絵の差し入れで補う始末であった。百合絵だって楽な暮らしではないはずだ。そう思うと、彼は焦らずにはいられない。

ところが運悪く彼は熱を出して寝込んでしまったのだ。寝冷えなのか額に手を当ててみるとかなりの熱だ。そんな時に百合絵が来た。

「あら、熱があるの」

彼の額に手を当てた百合絵が驚いて言った。彼女はそこにあるタオルを手にすると、台所に行って濡らしてきて、彼の首筋に巻いた。

「おでこに当ててもダメなんですって。ここことか、脇の下とかがいいらしいわ」

なるほど、ひんやりして気持ちがいい。

「お薬の買い置きはないの。ちょっと待っててね」

そう言うと、彼女は部屋を出て行った。しばらくすると戻って来て言った。

「今薬屋さんに行ってお薬買ってきたわ。呑んで一晩寝れば治るって」

そう言うと、彼女は甲斐甲斐しく彼に薬を呑ませるのだった。

確かに一晩寝ると嘘のように熱は引いたのだった。

それからしばらくして、三津夫が夜中華の店でラーメンを食べていると、隣の席に座った五十がらみの客に声をかけられた。

「きみは以前大久保の宝来軒で働いていたんじゃないかい。間違いでなければ」

「はあ」

三津夫は生返事をした。どうしてこの人に知られているんだろう。おれは皿洗いばかりしていたのに。そうか、おかみさんが他の用で客と応対できないでいるとき、時々店に出たことがあった。それでか。

「バイト先でした。もうご主人が病気になられて店を閉められたので」

「そうだってねえ。おれはあの店によく行っていたから、残念だったよ。ところで、まだバイト生活なんかい」

「はあ」

「偉いなあ。おれの息子なんかは大学まで出させてやったのに、どっかへ行っちまったきり、連絡もよこさない。どこにいるのやら」

「はあ」

「ところで、バイト生活はうまくいっているのかい」

「今まで、運送会社で働いていたんですけど、終わっちゃったんです」

「じゃあ後はどうしているんだい」

「いえ、まだ」

「そうかい。うちは八百屋なんだが、困ったことがあったらおいで。すぐに力になってやれるかわからんけどな」

「はあ、有難うございます」

「うちは八百久って言うんだ。新宿の食べ物屋で訊けばわかる」

食べ物屋で訊けばわかるというのはどういう意味なのか。三津夫は不思議に思ったが、悪い人ではないようである。

食事の払いは八百久がしてくれた。

三津夫は以前にも八百屋でバイトをしたことがあるから、もし世話になるとしたら大体そんなことだろうと思った。それほど期待はしていないが、いざとなった時には行けばいいくらいに思った。

しかし、事態はこの八百久に頼ることになった。

九

八百久は彼が想像していたのとはまるで違っていた。ここでは個人の客には売らないから、店の前に品物を置いたりはしていないのである。卸問屋みたいなものであった。事務所は机と電話があるくらいで広くはないが、裏が倉庫のように広い。

「おれが朝ヤッチャバで仕入れてきてここに置くから、帳簿にあるように仕分けして、それをそれぞれの店にリヤカーで届けてくれればいいんだ」

と八百久のおやじは言った。

「なるほど。わかりました」

「ああ、頼んだよ。当てにしているから」

リヤカーで運ぶ店を紙に書いてもらうと、考えていたのと違いかなりの量である。朝のうちに届けるのは飲食店で、午後になってもいいのは料理屋や料亭なのだった。開店の時間の違いなのである。

「おや、坊や新しいんだね」

一軒の料亭で料理主任らしい人に言われて、

「はい、今度からぼくが来ますのでよろしくお願いします」

と言うと、半紙に包んだ菓子をもらった。料亭というところはこうした細かい心遣いをしてくれるのだと彼は感心した。

料理屋や料亭に届けるのが終わると、その日の仕事はおしまいだが、リヤカーでも随分歩くので疲れるのだった。

事務所で仮眠をとっているおやじを起こして、認印を押してもらった帳面を見せてOKをもらえば帰れる。夕方になる前に帰れるが、朝が今までとは違って早いから、部屋に帰るとすぐに眠くなる。随分生活のリズムが変わった。そのおかげで劇団の演習にも楽に出られるようになった。バイトから帰ると、すぐ仮眠をとる。

演習のない日はそれから夜の食事を取りに出る。三津夫から生活のリズムを聞いて、百合絵はその時間になるとやって来て一緒に食事をするようになった。

「いいバイト先だったわね。お給料がいいかどうか知らないけど」

「新宿にあんなにたくさん飲食店や料理屋があるとは知らなかったよ。そのおかげでこっちも仕事にありつけるわけだけど」

三津夫はそう言って笑った。このバイトのおかげで彼の演劇への力の入れようが更に強まった。その結果、三度に一度、公演にも出られるようになった。

「良かったね。みっちゃんの名前も出るんだ」

「うん。今度は下北沢の小さな劇場だけど、そのうちにメジャーな劇場へ出たい」

「焦ることないよ。下積みが長くてもその間は勉強の期間だもの」

彼は百合絵の励ましが嬉しかった。

しかし、思ってもいないことは突然にやってきた。四日後に百合絵が来て、田舎へ帰ることになったと言うのだ。

「一体どうしたの」

「うん、大したことはないの。昨日お医者さんから結核の疑いがあるから静養しなさいって言われたの」

「大したことないわけないよ。で、何で」

「先週、会社で健康診断があって、その結果が昨日判明したの。肺尖カタルっていうみたい」

「寝ていなくちゃいけないの」

「軽いから運動しないで、栄養を取って静養していればいいらしいわ」

顔色も悪くないし、咳き込むようでもないので彼は信じられないのだった。彼は結核にはなったことがないので、何とも言いようがない。ただ、これは大変なことだとしか考えられなかった。田舎では友達や知り合いが何人か結核になっている。小説などでは結核になったら助からないように書かれている。また、一般にもそう言われているのだ。

「それじゃあ、これからどうするの」

「田舎へ帰って療養するしかないわ。でも、あまり帰りたくないの」

「そんなこと言っても、ご両親だろ」

「うん、でもね、ちょっと都合があるから」

百合絵ははっきりとは言わないが、何か親と確執でもあるのかもしれないと思った。親の反対を押して田舎を後にして来たとか、兄弟が多くて居場所がないとか。彼にはそんなことしか考えられなかった。

「いつ帰るの」

「明日にも帰ろうと思ってるの」

「そう、送って行くよ。上野駅までだけど」

「ありがと。いいわよ、バイトがあるんでしょ」

「何とかするよ。おやじに話す」

「無理しないで」

結核に効くいい薬はないのか。三津夫は経験がないので、戸惑うばかりだった。でも、東京で栄養のあるものを食べられるとは思えない。田舎なら東京でよりはいいかもしれない。自分の田舎を思って、三津夫は百合絵の田舎行きにほっとすると同時に、会えなくなることを寂しく思うのだった。

一方、百合絵には田舎行きに不安があるのだった。というのは、百合絵の父は母の再婚相手なのだ。そうした関係があって、彼女は田舎を飛び出すようにして出て来たのだった。

一応は母も手紙で帰って来るようにとは言ってくれたが、迷惑に思っているに違いないと百合絵は思うのだ。だから、東京で何とかなればいい。三津夫と一緒に暮らせればいいと思うのであった。しかし、こういう体では仕方がない。

翌日、三津夫は言った通り上野駅まで送りに来てくれた。別れ際に、

「田舎の住所を教えて」

三津夫が訊いたが、百合絵は向こうに着いたら手紙を寄越すと言うのだった。

三津夫はそれから毎日、彼女からの手紙が来ているか郵便受けを見たが、徒労に終わった。

彼女の身に何かあったのではないかと心配しても、住所もわからず、どうにもならないのがもどかしかった。そして、バイトの疲れもあって、郵便受けを見ることの虚しさに打ちひしがれるのだった。

十

季節は夏になっていた。一か月遅れのお盆がやってきた。

「三津夫、お盆には田舎へ帰るんだろ。どこも休みになるから、三日ばかり休んでいいぞ。お前はずっと休みなしで働いてくれたからな」

と、親方が言った。

三津夫はその休みで田舎へ帰るつもりはなかった。田舎へ帰っても親兄弟と別段話があるわけではないし、今の自分の状態を話せるわけでもないからだ。親しい友達も帰省していると思うでもない。変化のない生活を見てもどうということはないと思う。それよりも百合絵のことが気になる。でも、住所もわからないでは訪ねて行くわけにもいかない。

いつか百合絵の言っていた長瀞に行ってみようと思った。彼は早速『交通公社の時刻表』を買って調べてみた。長瀞へは高崎線の熊谷駅で秩父鉄道に乗り換えれば行けることがわかった。思い立ったらもう休みの日には出かけているのだった。

上野駅は懐かしい駅だ。田舎への往復はいつもここだったたし、この前百合絵を見送ったのもここだった。

駅はいろいろな荷物を持ってどこかへ出かける人、知り合いを迎えに来ている人で、いつも混んでいる。彼はその中の一人になって列車を待った。

空の列車が入ってきたが、帰省客と思われる客が多くて座席を取ることはできず、ずっと立ちっぱなしでいなければならなかった。

熊谷駅になって少し空いたが、三津夫も降りなければならないから、どうということはなかった。秩父鉄道への乗り換えには問題はなかった。秩父鉄道の切符を買って階段を下りて行くと、長瀞へ行く電車はまだ来ていなくて、ベンチにかけて待つことになった。しばらく待っていると何人かの客がやって来て、三津夫と同じようにベンチに腰掛けるのだった。三津夫の乗ってきた高崎線とは連絡が良くなかったらしい。この線で帰省する人は少ないのか、時間が遅いのか、電車が入って来ても車内は空いている。

やがて電車は動き出したが、車窓から見えるところには畑らしいものは少ない。三津夫の田舎は電車の走る両側には畑が広々とつながって見える。そういう風景が田舎だと思っていたが、ここは違うのだった。幾つかの駅を過ぎると、野鳥の森公園というような駅があったりする。

線路沿いに田畑が少ないのは、この地が農業に向いていないせいか。彼は秩父セメントという会社があることに思いついた。セメントの材料や製品を運ぶための路線なのだ。

しばらくすると、左手の木の間隠れに川の流れが見えてきた。これが長瀞につながる流れなのだろうか。それにしてはあまり風情がないように思えた。時折停まる駅から子供連れの家族らしい人々が乗って来る。子供が乗ると急に車内が騒がしくなって、彼の気持ちが乱されるのだった。

電車はやっと長瀞駅に着いた。ここでほとんどの人が降りる。駅を出ると周辺は観光客で賑やかだ。彼は人の流れについて行く。今乗ってきた電車が秩父に向かって去った後の線路を渡って行くと、両側に土産物店が並ぶ道に出た。道はなだらかな坂になっていて、先に川が見えて来た。土産物店の中の一軒で舟遊び用の切符を売っているので、切符を買った。

川下りの発着点らしく、天笠をかぶった船頭が舟のところで客をさばいている。客がいっぱいになるらしく、「出発しますよ」と急がされた。

しかし、彼は百合絵が体験した川下りを体験したいので、親鼻橋から乗ることにした。

親鼻橋は電車で一駅の上長瀞で降りて行く。そこまで行くと川下りの全行程が楽しめるという。しばらく待って舟に乗ると、船頭が長い竿で岸を一突きして舟は流れに出た。

両岸の風景に、百合絵は他の客と同じように声を上げて楽しんだに違いない。船頭が両岸の風景を説明しながら、この地方に伝わるらしい民謡を唄う。しばらくすると両側に奇岩が見えて来た。と同時に流れが激しく水をかぶる。船頭がここは小滝の瀬といいますと説明した。慌てて客は嬌声を上げて、用意された布で濡れるのを防ぐのだ。すると、奇岩が見えて来た。

「これが有名な長瀞岩畳です」

と船頭の説明があった。岩が何層にも重なっている。どうしてこうなったのだろう。乗客は皆感心している。

やがて舟は途中の船着き場に着いた。ここで何人かが降り、何人かが乗った。三津夫はそのまま終点まで行って降りた。百合絵が体験したことを体験したことは、何となく心を満たしたのだった。彼女は桜の満開のころ来たと言った。この山を背景にして桜を愛でたら、どれほど心を豊かにするだろう。ここに百合絵がいないのが寂しかった。

川下りを楽しむと、今度は寶登山《ほどさん》神社にお参りした。百合絵もここにお参りしたのだろうか。お参りしたとすれば、何を祈ったのだろうか。彼はしばらく境内にたたずんで百合絵のことを思った。どうか病気が良くなっているように。そして、東京にもどって来て連絡をくれるように。

彼はこの地の賑わいには関心はなかった。百合絵が感じたであろうことを感じることができればそれでいいと思っていたのだ。

東京に戻って来ると、もうバイトが待っていた。でも、それまでよりずっと充実した日々のように思われた。

劇団に行くと、更に嬉しいことが待っていた。今度の上演の準主役に抜擢されていて、しかも上演する劇場も今までの倍も客が入れる所なのだ。これは長瀞に行ってあの寶登山神社にお参りしたご利益なのだろうか。しかし、こういう時に見に来てもらいたい百合絵がいないのは寂しいことだった。

でも、上演するまでには、百合絵の病がきっと良くなって、来てくれるように思われた。


（完）

四国見聞録

一　徳島

一九八七年六月五日、五時三十分ぴったりに村田昇造は会社を退けた。信濃町駅に急ぐ。三十八分の総武線の電車に乗ってまずほっと一息つく。リュックサックを背負いスニーカーを履いた足で、駅まで計ったとおりぴったりのタイムだった。

昇造はこの日、三十年来の友ロバート・パットンと浜松町駅で落ち合い、モノレールで羽田に向かう約束をしていた。二人が乗ろうとしているのは羽田発徳島行き十八時五十分発の最終便だから、これに乗り遅れたら、もう次の朝まで待たなければならないばかりか、今夜泊まる宿の予約もキャンセルしなければならないし、明日の朝九時五十分発の市内観光バスにも間に合わなくなってしまう。このバスでないと観潮と人形浄瑠璃の見学が思うに任せない。これにこだわると、今度は前から予約しておいた霊山寺《りょうぜんじ》宿泊の件はどうしたらいいのか。スケジュールはずたずたになること必定だ。

綱渡りのようなスケジュールだった。しかし、現実は心配することなくスムーズに進んでゆく。

ロバートが四国遍路の旅に連れて行ってくれと手紙を寄越したのは一か月前のこと

だった。彼の友人のオリバー・スタットラーが書いた『ジャパニーズ・ピルグリメージ（遍路）』を読んで、寺に宿泊したりして四国を旅したいというのだった。

それまでにも、昇造はロバートをアメリカ人では知らないような日本の各地に連れて行っている。

ロバートは休暇には昇造に手紙を寄越して、旅行に誘うのだった。今度の四国旅も、昇造にも興味があったから、喜んでガイドブックで調べて計画を立てたのだった。

その日、浜松町の駅に着いたのは六時きっかりだった。見回すとまだロバートは来ていない。羽田までの切符を二枚買っていると、約束と反対の方角から彼の姿が現れた。大きなトランクを引きずるようにして運んでいる。挨拶もそこそこに改札を通り抜けモノレールに乗り込んで、ほっとした。これでスケジュール通りにいける。

窓の外はまだ夕方の明るさが残っていて、東京湾も運河も海辺に立ち並ぶ倉庫の建物もオフィスビルも、はっきり姿を見せながら後ろへ流れてゆく。この風景は、何回見ても心を騒がすものがある。香港へ行ったときも、アメリカへ行ったときも、この風景を見た。まだモノレールが出来る前にはリムジンで羽田へ行ったものだが、バスの窓から見る風景にはこのような心をときめかすものはなかった。

羽田に近づくにつれて、次第に心が高ぶってくるのを感じた。窓の外をジェット機が音もなく飛び立って行く。航空会社のマークが入った建物や格納庫が目の前に迫ってきた。ＴＤＡ（東亜国内航空、現在のＪＡＳ）のカウンターでノンスモーキング・シートの搭乗券を受け取って、ゲートの前で待っていると、ロバートが客を見渡して「ビジネスマンが多そうに思えるね」と言った。確かに観光客らしき人々は余り見かけない。我がビジネス戦士は金曜夜から月曜にかけて一仕事するのだろう。

三十分ほど待たされてゲートから外に出ると、辺りには薄暮が迫っていた。むっとする蒸し暑さの中を、キーンというジェット機特有の金属音が耳に飛び込んでくる。エンジンを吹かす音、バスやら小型トラックやらの走り回る音も混じって、心を旅に駆り立てる。

バスに乗ってタラップの下に運ばれると、もう旅の楽しさ以外何も頭にはなくなっているのだった。

夜のフライトは窓の外に何も見えないから、目を閉じているか、前を見ているかするしかない。フライト・アテンダントが運んでくれるお絞りを使い、ジュースを飲んでしまうと何もすることがないのだ。海に浮かぶ船の明かりらしい光を見た頃、機は着陸態勢に入っていた。一時間十分ばかりのフライトだった。

小さな空港を出てバスに乗り込むと、徳島駅まで国道を一路南下する。国道沿いに点在する、駐車場を広く取ってその奥に新装開店の花輪をずらり並べた、パチンコ店が目立つ。畑の真ん中のかなり大型の店だ。こんな辺鄙な所で商売になるのだろうか。畑と派手な建物のコントラストがいかにも田舎じみている。

バスの中のラジオが中日ヤクルト戦の実況中継を流していた。

バスはやがて徳島駅前に着いた。会社を出てからまだ三時間しか経っていない。予約した旅館は駅のすぐそばにあった。木造の建物にコンクリの建物を継ぎ足したこぢんまりした旅館で、我々の部屋はエレベーターで上がった三階にあった。着いたときにはもう布団が敷いてあった。一階のフロント脇の風呂場で汗を流す。ロバートはシャワーを浴びた。部屋に戻ると、ロバートがもっと薄い掛け布団にしてほしいと言う。暑くて重くて寝苦しいのだそうだ。タオルケットのようなものはないか尋ねたが、宿にはないようであった。夜中に喉が渇くといって、水入れを頼んだりした。

ロバートから土産にコーヒーと本を貰った。本はオリヴァー・スタットラーが書いた『ジャパニーズ・ピルグリメージ』だった。七十歳になる著者はかつて松山市郊外にある太山寺に二年ほど住み込んだことがあり、今は九州の太宰府に住んでいるという。パラパラとページをめくってみると、高野山から書き起こしていて、本格的に取り組んでいると感じた。

翌朝はかんかん照りであった。雲ひとつなく真夏日であった。駅のコインロッカーにロバートのバッゲージを押し込んで、駅前から出発する観光バスに乗り込んだ。未知のところでは足の便を考えると観光バスが手っ取り早くて便利だ。バスは市内を抜けて北へ向かう。昨夜通った空港からの道を今朝は逆に走る。昔、蜂須賀が造った徳島は表面を見た限り、それほど豊かとは言えない。バスのガイドの話でも北に隣接する鳴門市のほうがずっと豊かだという。

ただ、鳴門市の場合は大きな製薬会社の企業城下町的存在で、市内には製薬団地と言われるような関連企業群を抱え込んでいるから、経済的には恵まれているかも知れないが、それが即、心の豊かさに結びつくものか。大鳴戸橋に向かう道路の脇に、建売住宅の広告が見えた。この辺りでも建売住宅が売れるのだろうか。

バスが迂回する辺りに、まるで竜宮城もかくやとおぼしき赤い神社のような大きな建物がある。何千坪というような広大な敷地を金網で仕切ってその中に建っている。製薬会社の社員福祉施設だという。しかし、その脇には会長の自宅があるというから、社員はそう簡単には施設を利用するわけにはいかないだろう。つまりは会長の資産なのであろう。

その少し先に大鳴門橋が銀色の肌を見せて静かに横に伸びていた。今日は霧が濃くて、遠くからは霞んでいてよく見えない。近づくとそれはゴールデンゲート・ブリッジを品良く小型にした感じであった。右が太平洋で左が瀬戸内海であった。霧に霞んだ瀬戸内海に小さな漁船らしき船が音もなく滑って行く。反対側からタンカーのような真ん中が平らな船が航跡を白く引いて現れた。それはまるで静かな緑の舞台の上手と下手から、エキストラの通行人がスターの前触れのように姿を見せる様に似ていた。

幾つかの展望台に停まる。そこからは今渡ってきた大鳴門橋が霧の中に霞んで見えた。

道路が空いていて予定より早まったらしく、鳴門の小さな島の頂にあるホテルの、シェーンブルグというドイツ名のレストランで早めの昼食を摂ることになった。こんな不便な所にホテルを建て、しかも結婚式場も作ってある。一体こういう所で結婚式を挙げる人がいるのだろうかと不思議な感じがした。しかしここのピクチャー・ウインドーからの瀬戸内海の眺めは、点在する島々と行き交う漁船と霧に霞む大鳴門橋とで、なかなかのどかであった。昇造たちはサンドイッチとジュースで軽い昼食を摂った。

昇造たちは島を下って、また大鳴門橋を戻り、そこから二百人乗りほどの観光船に乗って鳴門の渦潮を見た。大鳴門橋を潜る辺りから海面の漣が目立ってくる。表面張力で膨れ上がったような海面、その手前で急に渦を巻く。まだ小潮なのでそれほど雄大とは感じない。あと三日もすると大潮になるという。大潮のときはどんな大きな渦ができるのだろう。

渦潮の見える側に船客が偏って、わあわあ言う様は子どもの遠足風景と変わらない。三十分の観潮を終えて波止場に戻ってくると、真夏のような太陽の下で防波堤の上に釣り糸を垂れる人々の姿がのどかだった。

二　霊山寺《りょうぜんじ》

徳島から坂東へ行く電車はたった一輌であった。高校生と一般客が半々くらい、立っている人がパラパラという混み具合で、家の横を走ったり木々の葉を揺らしたり蓮田を見たりして、周りに殆ど何もない無人駅に着いた。車掌が降りた客の切符を受け取っている。

「ははあ。駅員がいない駅か」

と、ロバートが珍しそうに言う。

ロバートの重いバッゲージを二人で両側から下げながらブリッジを渡り、かつては駅員が常駐していたに違いない駅舎横の改札口を通り抜けると、駅前に雑貨屋のような店が何軒か並んでいた。

この寂れた駅周辺には不釣合いなタクシー会社があるのが、ここにいかに多くの遍路が訪れるかを物語っていた。村田昇造たちも重い荷物ゆえにタクシーに頼ることにした。

車は駅前を真っ直ぐ北に進み、国道に出ると左に曲がって、畑の中を三分もすると霊山寺であった。

山門から真っ直ぐ石畳が続き、右手に伽藍があり左手に地蔵の並んだ堂がある。規模としては大きいほうだろう。突き当りの階段を何段か上がるとそこが本堂で、くすんだ高い仏像の前で線香の煙がけぶっていた。数人の参詣人があった。白装束の遍路姿の

人も見える。右に売店が連なり、二、三人の人が物色していた。案内を乞うと、中年の洋服姿の品のいい婦人が更に右奥を指して、

「そちらからどうぞお上がりください」

と言った。どうやらこの婦人が梵妻さんらしい。示された玄関は新築したばかりで、新建材が使われている軽い格子戸だった。下働きの年配の女性に案内されて、渡り廊下を通って古い建物のとま口の角の部屋に落ち着いた。

「お風呂はこちらです」

部屋の斜め前が風呂で、玄関脇にトイレがあった。ちょうど廊下の両端に風呂とトイレがある形になっている。早速風呂を使わせてもらう。真ん中にプールを小型にしたような石の湯槽があって、周りを洗い場が取り巻いている。まるで温泉宿の風呂場のようだ。ロバートは隅にあるシャワーを使い、昇造は肩まで深々と身を沈めて、汗と埃を流した。

部屋に戻るとクーラーが入っていた。ここは伽藍に続く部屋で、いかにもクーラーとの取り合わせが妙な感じだった。遍路の宿泊や法事などに使われる部屋なのであろう。それにしても信ずること薄く、近代文明に侵された人々には、クーラーは欠かせな

くなってしまったのだ。

夕食前に、下働きの女性が廻ってきて、小さな盆に載せたお経の紙を示し、

「この般若心経という字をなぞってから、最後にお名前と願い事を書いてください。一枚千円で何枚書いてくださっても結構です。夕食に広間にお出でになるとき出してください」

と言った。昇造は息子には勉学、家族には健康を祈願した。ロバートはヘルス（健康）と書いてくれと言った。

夕食は玄関に続く広間に用意されていた。最近百二十人泊めたことがあるという。

「そのとき、この食堂が一杯になりました」

と、下働きの女性が少し自慢そうに言った。今日は昇造たちを含めて六人だ。年配の夫婦が二組で、軽い挨拶を交わした。一組は大阪から、もう一組は福岡から来ましたと言った。ロバートが以前、福岡では元寇のときの土塁を見てきたと話すと、福岡からの夫婦が「自分たちは太宰府の近くに住んでいるんですよ」

と、急に親しみを込めて言った。

料理は酢の物、野菜の煮付け、吸い物に鯛のような白身の焼き魚が出て老夫婦たちを

喜ばせた。

「お寺さんで魚をいただけるとは思いませんでした」

配膳の係の女性の話では、すべて仕出しに頼っているということだった。季節的にも、日にちによっても宿泊する人の数が大きく変わることを考えれば、手製で料理を作り応対するなどということは、どだい無理なことだろう。しかしそれができれば、心のつながりはもっと強くなるに違いない。

部屋に戻ると昇造はすぐ布団を敷いた。ロバートはこんなに早くは寝られないと言う。普段は十二時頃寝るようだ。

それでウィンストン・チャーチルについて書かれたという本を出して読み始めた。昇造は旅に出ると本は読まない。なるべく早く寝て疲れを残さないようにしている。しかしまだ八時くらいだ。そうすぐに眠れるものではない。

だが、いつの間にかうとうとしていたらしい。

ロバートが障子の外で昇造を小声で呼ぶ声に目を覚ます。

廊下に出てみると彼が困りきったという顔で立っていた。

「トイレを汚してしまった、下痢がひどくて間に合わなかった」とまくし立てる。

トイレに行ってみると、なるほど便器の周りが濡れていて少し臭いような気がする。汚したからブリーフで始末したと言う。こぶし大にまとめたブリーフが便器の横に見える。

こうなったらもう全てを梵妻さんに打ち明けて詫びるしかない。ロバートを連れ立って梵妻さんにわけを話しに行くと、快く許してくれた。

その夜は蒸し暑かった。クーラーが止まると暑くて、その上蚊が何匹かいて、なかなか寝付かれない。それでも、うとうとしていると、ロバートが床から起きだしてゆく様子。どうしたのかと思っていると、掛け布団を持ち出して廊下で本を読み出したようだ。暑くて眠れないのだろうが、それにしても昇造の理解を超えている。昇造だったら腹を温めてじっと我慢で寝ているだろうに。わざわざ腹を冷やすようなことはしないのに。

翌朝六時前に目を覚ます。顔を洗って待っていると、各部屋に取り付けてあるマイクで鐘の音が流され、それを合図に伽藍のほうに廊下を伝ってゆく。庫裏の一段と高い所に仏像が安置されていて、前に住職が座る。その下に参拝人がかしこまって座る。昨夜食堂では見かけなかった人たちが大勢いる。今朝早く来た人たちなのだろうか。中には遍路装束の老婆もいる。全部で十数人になっただろうか。

住職が経を上げ始めた。暫くすると、住職の勧めで、「般若波羅蜜多」と「南無遍照金剛」のところだけ住職に従いて唱える。それを何回か続けているうちに、いつのまにか皆が持っている手帳ほどの経本を読み始めるのだった。

こうして読経が終わると住職の法話があった。なかなか通る声だ。NHKの年末番組「行く年来る年」をこの寺から中継したときのエピソードを枕に、母子の愛情について話す。ここを訪れる人たちはそうした愛情や愛憎で悩み事を持っているのだろう。

六時半に食堂で朝食を摂る。ツアコンらしい男が顔を出して、寺の人たちとも遍路たちとも馴れ馴れしい口をきいている。朝早くバスか何かで来たものらしい。早起きして声を出したので朝食が美味い。塩鮭がついていた。

部屋に戻ると、ロバートのブリーフが綺麗に洗って乾かされていた。梵妻さんが洗ってくれたのだった。ロバートはしきりに恐縮したが、これが日本女性の温かいもてなしだと昇造は自慢しておいた。

七時には寺を離れるのが決まりだということだった。ロバートと二人、何度も礼を言って寺を辞した。宿泊代は二人で七千六百円だった。

三　高松

　ＪＲの高松駅の改札口を出ると、すぐロバートはバッゲージを、昇造はリュックサックをコインロッカーに入れて、街中へ出かけていった。

　大通りの左手は港で、ここは宇高連絡船の四国側の玄関口。しきりに汽笛が鳴っている。大通りを渡ったところのビルとビルの隙間に玉藻《たまも》公園入り口の標識が立っていなければ、見落としてしまいそう。ここは戦国武将の黒田如水が建てた城跡だという。海水を堀に取り入れた水城でわが国でも珍しいと、調べたガイドブックにあった。

　さっきからしきりに鳴っている汽笛は瀬戸内海の濃霧ゆえで、乳白色の霧が西から東に向かってかなり速い速度で流れている。公園の周りを石垣が取り巻いているが、その目ほどの高さの向こうは白一色だ。これでは幾ら汽笛を鳴らしても船は動けないだろう。

　ロバートが城に感心している。

　座敷があって大広間で会合をしているのが外から見えた。新聞社主催の囲碁大会のようであった。更にその離れの座敷からは詩吟の大会でも開かれているのか、朗々たる声が聞こえてきた。堀端には幟旗が立っていて、書かれた文字を読むと古式水泳が堀で行われているらしかった。幟旗に従って行くと櫓が組まれていて、テレビの録画撮りがなされるらしい。堀を隔てた向こう側の高い石垣の上にも人がいて、こちらとマイクで連絡を取り合っている。

向こうに廻ってその石垣の上に上がる。そこからは堀が真下に見えた。何とか流泳ぎというのを始めようとするのだが、流れてくる濃霧に邪魔されて、なかなか録画のタイミングが難しいようだ。それでもやがて太鼓の合図で泳ぎが始まった。

平泳ぎのような足捌きであったり、のし泳ぎのようであったりしたが、いずれも水面に首だけが進んで行くのである。敵地近くの湖を渡ったり、敵の城に忍び込むために考え出された泳法であろう。

「装束を着けたまま泳ぐのは大変だね」

と、ロバートが感心して言った。何となくのどかな感じがするのは、今日が日曜日だからかも知れない。

玉藻公園を出て栗林《りつりん》公園に向かうことにする。バスを待つ間にも家族連れや案内人に引率されたグループ入園者で混み始めてきた。

小高い紫雲山を借景にして六つの池と十三の築山を配置した純日本式庭園の南庭は、人工美を感じさせない見事さで絵になっていた。池に飼われている錦鯉までが景色の重要な要素になっている。ロバートは日本式美意識が理解できないのか、ただ黙ってついてくる。昇造がビューティフルを連発しても黙って頷くだけだ。それがちょっと寂しかった。

西洋式の北庭は蓮池があるくらいで、とりたてて美しくはなかった。蓮は花が咲くときは綺麗なのか知れないが、普段は決して綺麗とは言えないものだ。それにしても一人の藩主がこれだけの庭園を所有していたのは驚きであった。

昇造の作ったスケジュールは無理のないように見物の時間をたっぷり取っておいたから、気分的にもゆとりがあった。少し時間が余ったので次の目的地へ予定より早く行くことにする。

高松の駅で訊くと次の列車に間に合うと言う。ほぼ一時間早まる計算だ。列車といってもたった二輛編成、恐らく国鉄時代にはもっと何輛も繋いでいたに違いない。

高松から善通寺に向かう沿線の風景ほどおよそ相応しくないものはなかった。

この田園地帯にコンクリートの高速道路と、誰が住むか分からない高層団地群が建設中なのであった。目を和ませる緑に代わって埃っぽい無機的な建造物が続くのであった。それが切れて緑が戻ってくると、間もなく善通寺駅であった。

善通寺は駅から車で五分ほどのところであった。弘法大師誕生の地でありながら、七十五番札所というのも興味あることであった。タクシーが山門脇に着いたので、昇造たちは寺参詣の順路を途中から始める形になった。

昇造たちが最初に訪れたのは西院であった。山門からの参道には屋根が付いていて、両側にはお守りや土産用の品々を並べた売店を兼ねた事務所があった。事務所では遍路が差し出す写経に判を押していた。参道の天井には、信者か僧が描いた大師の奇跡を讃える絵が額に入って何枚か飾られていた。

昇造たちがその下のベンチで涼しい風に吹かれていると、時折女性のガイドが何人かの人たちを案内してきては、小旗の先でそれらの絵を指しながら説明して行くのだった。足元で鳩が餌を漁っている。

四国霊場の寺で共通しているのは、必ず蠟燭を立てる場所が用意されていることである。参詣人は何がしかの金を払って蠟燭を求め、そこに点してお参りを済ませる慣わしになっているようだった。

山門の両脇には、仁王が履く大草履が献納されていた。作った人々の名を書いた札がたくさん紐で結び付けられている。こういうものを見ると、熱心な遍路は農民であることが分かるのである。

本堂の脇にビルマ戦線で亡くなった兵士たちを祀ったパゴダがあった。何故ここにあるのか分からない。当地出身の兵が多かったのかも知れない。それとも身内に真言宗の信者が多かったのか。

山門を出てそのまま真っ直ぐ埃っぽい道を歩いて行くと、また寺の建物と五重塔が目に入ってきた。その建物が東院ということであった。参道はそこで右直角に曲がって東院の山門に至る。だから東院から参詣する人は、東院の山門を潜って正面の東院で拝んだら、今度は直角に左に向いて歩いて行けば西院の正面に出られるわけである。参道の近くに緑がなくて、炎天下では長いことといられない。それで昇造の東院に対する印象は埃っぽい寺の一語に尽きる。

山門の近くの土産物店に頼んで、電話でタクシーを呼んで貰って駅に戻った。先刻、駅長に頼んで預かって貰っていたロバートのバッゲージを受け取り、代金を払おうとしたが受け取らないので礼だけを言って別れた。これは駅に備え付けのコインロッカーが小さくて彼の荷物が入らなかったためだった。昔の駅長のいいところが残っていて、旅をする身にとっては嬉しいことだった。ロバートも恐縮している。

列車に乗って七分、今日の宿泊地は琴平である。駅前からタクシーでホテルへ。町の外れにあるが、なかなか洒落たビジネスホテルだった。

四　琴平

ロバートが洗濯物をしきりに気にしだした。明日の朝チェックアウトするまでに間に合うだろうかと言う。フロントで今すぐ出せば間に合うと聞いてほっとした様子だ。フロントで明日の朝食を予約して四階の部屋に上がる。エレベーターを出た所に結婚披露宴会場の案内板があって、黒の礼服姿の人がちらちら見えた。ビジネスホテルに披露宴会場があるというのは初めてだった。

明るい感じのツインの部屋なので昇造は内心ほっとした。ガイドブックで探した後は電話で予約しただけだったので、どんなものか心配だったのだ。値段からして随分安い。薄汚れた壁紙に雨漏りのシミなんかがあるような部屋でなければよいがと、ロバートを伴っての旅だけに気を遣わないわけにはいかないのだった。

一階の半分をレストランとバーに振り当ててあった。そのレストランに降りてゆくと、一時間ばかりは手の込んだ料理が出来ないとのこと。

「結婚披露宴のほうに、コックが全力を投入したからだよ」

と、ロバートのほうが呑み込んだ風に言った。昇造は今日は肉類を余り欲しくないから、刺身定食を頼むことにした。ロバートはハンバーグにしたが、これは一時間しなければ出てこないから、それまでビールで時間をもたせることになった。

その夜ロバートは昇造が寝てからも例の通り本を読んでいたふうであったが、夜中に度々トイレに起きたらしい。昇造は夢うつつに、トイレで水を流す音を聞いた。これはちょっと具合が悪いことになったかなと心配になったが、翌朝ロバートはそれほど疲れたようには見えなかった。しかし、相当辛かったらしい。朝食のスクランブル・エッグを食べ残した。そして、

「せっかくここまで来て残念だが、体の調子がひどく悪くて、後の旅を続けられそうにない、ここから大阪へ戻りハワイへ帰りたい」

と言い出した。

昇造はすぐロビーの電話に飛びついて、大阪のノースウエストの座席予約センターに電話をかけたが、まだ、出社していなくて、八時三十分になったらかけてほしいとテープが答えるばかりだ。

仕方がない。それまでの時間に、ノースウエストの席が取れたとして、ここからどう大阪に戻るのがベストか、カウンターから借りてきた時刻表と首っ引きだ。高松に戻るのが一番近いが、昨日の濃霧が頭にひらめく。高松から瀬戸内海を渡れるかが問題だ。飛行機はどうか。全日空の高松事務所に電話を入れると大阪行きの空席はないと言う。

それでは高知からはどうか。高知の全日空にかけると十四時三十分の便に一つ空席があると言う。早めに予約してほしいと聞いて、折り返し返事をすると電話を切る。

ノースウエスト航空の大阪事務所が仕事を始めるのを待ちかねるようにして電話を入れる。電話口に出るのはアメリカ人で、複雑な話になると昇造には手に負えないから、さっとロバートに代わる。ロバートが十日に取っている予約席を今日に変えられないか交渉している。どうやらオーケーらしい。

すぐ高知の全日空に座席の予約をしてほっと一息つく。彼もほっとしたようである。

旅先で体調を崩したらこんな不安なことはないに違いないと考えると、気の毒だった。折からロビーのテレビの天気予報を見ると、今日は天気が崩れると言っている。今見る限りでは太陽が出て今日も晴天といった感じなのだが。

ここまでくればもううくよくよしたってどうにもならぬ。なるべく早く高知に着けるよう昇造たちは駅にタクシーを走らせた。

五　高知

琴平からの土讃線は阿波池田を過ぎる辺りから、吉野川に沿って渓谷を走り始めた。濃い緑の山裾を川に沿って走ってゆく。トンネルを抜け出たと思うと、またトンネルに入る。列車の窓から見上げた空は、山の稜線によって鋸で切られたようであった。

暫くすると鉄橋を渡って、川は列車の反対側に出る。窓が山側になると、緑の木の枝が窓辺を掠めるように飛び去ってゆく。と思うとまたトンネルだ。

もう三十年ほど前になるが、昇造はちょうど同じ線を全く反対に高知から琴平へ乗ったことがある。そのときはまだ電化されていなくて、トンネルに入る前に鳴らされる警笛を合図に、窓を何度も開けたり閉めたりした記憶がある。それでも機関車の煤煙が客車内に立ち込めて、ハンカチで口を覆っても喉が苦しかったのを思い出した。トンネルは幾つあっただろう。何度窓の開け閉めをしたことだろう。クーラーなどがまだ車内についていない頃の話である。

列車は小歩危《こぼけ》、大歩危《おおぼけ》の景勝地を窓の外に見せながら、時折警笛を鳴らして走った。山の頂を薄い綿飴のような雲が流れ始めた。行く手の空がどんより曇ってきた。さっきまで見えていた太陽がすっかり雲に覆われてしまっている。やはり雨のようだ。

高知駅に近づくにつれて雨が断続的に降り始めたが、しかしそれほど激しいものでないのがせめてもだった。

高知駅のキオスク経営という新しい食堂で昇造は昼食を摂った。ロバートは腹の調子が悪いので、パンだけをかじっている。

昼食時で次から次へと客を捌く賑わいの割りに、人気ほどの味ではないと思った。食後、はりまや橋にある全日空の事務所にチケットを求めに行く。タクシーから見ると、棕櫚《しゅろ》のような感じの、背の高い並木が道路に沿って植えられていて、如何にも南国らしかった。

はりまや橋の角にデパートがあった。向かい側が全日空の事務所だった。そこでチケットを受け取り、駅前から出るバスに乗る。まだ小雨が続いている。バスは市電と何台かすれ違いながら東に向かった。市内を外れると道路標識に空港という文字が見られるようになってきた。何回目かの標識でバスは大きく右折して、熱帯樹の並木の間に緑の葉を生い茂らせている草原のような中の一本道を走り始めた。もう空港だ。

レーダーのパラボラアンテナが雨の中でゆっくり回転していた。新しい空港ビルはこぢんまりしていて、如何にもローカルな空港といった風であった。

ゲートでロバートを握手で見送ってバスに戻ってくると、雨が急に強くなってきた。空港が雨のカーテンで閉ざされてしまっている。これで飛行機が飛べるものか。うまくノースウエスト機と乗り継げるといいが。市内へ戻るバスの中でそればかりを願った。

高知の雨は降るときは土砂降りになると聞いていたから驚きはしなかったが、飛行機の無事を祈るばかり。しかし昇造が心配するほどのことはなかった。市内へ近づく頃にはあっけないくらいの小降りになっていたのだ。

はりまや橋でバスを降り、土佐電鉄のバス事務所で周遊券に不乗証明の印を押してもらう。予定変更して土佐山田から龍河洞へ行かなくなったから、バス代を東京に帰ってから払い戻してもらうためである。

昇造ははりまや橋からアーケードのある商店街を歩いた。デパートがあった。古めかしい造りの皿鉢《さわち》料理の店が角にある。褐色の壁面に證券会社の文字が読める高いビルが、後ろに背伸びするように建っていた。その一郭が繁華街のようであった。アーケードの辻を車が横切ったりするのに少し戸惑いながら、グリーンベルトのある裏通りに出て、それに沿って行くと高知ワシントンホテルであった。

ビジネスホテルというがとてもそうは思えない。清潔で設備も申し分ないし、部屋がもう少し広ければ、一級のホテルと言っても過言ではない。

八階には日本料理店があった。座敷に上がると、ピクチャー・ウインドー越しに雨で黒々とした市内が見渡せた。泊り客ではない若者が仲間と食事をしに来ている。月曜なので空いているのかも知れない。鯨の刺身や鰹の土佐造りがメニューにあったが、昇造は鮪の刺身を食べた。

ベッドに入ってからも、窓の外では本降りの雨の音をさせていた。

六　久万《くま》

朝目を覚ますと先ず部屋の窓から外を見た。今日はバスで久万を通って、松山に出る予定だから、ひょっとして雨が上がっていないか。しかし、昇造の淡い期待は裏切られて、昨夜の雨が少しも衰えていないのにがっかりした。

一階のティールームでスクランブルエッグの朝食を摂っている間、ピクチャー・ウインドーの外を眺めたが、やむ気配ではなかった。グリーンベルトの高い熱帯樹に垂れ下がった苔から、大粒の滴りがひっきりなしに落ちているのが見える。

インテリアを茶色で統一し、窓の上部を湾曲させたヨーロッパ・スタイルの、なかなか品のいいティールームである。ビジネスホテルらしく、ビジネスマンが経済新聞を脇において食事をしていたり、ビジネスマンが打ち合わせをしていたりしている。そうだ、昇造は自分が旅をしているから休日のような気になっているが、今日はウイークデーなのだった。

チェックアウトして玄関を出ると強い雨が吹きかけてきた。タクシーに頼るしかない。後から来た客が次々とタクシーに吸い込まれてゆく。昇造もタクシーを拾う。果たしてこの雨でバスが走るだろうか。昨日昇造たちが通った後、ＪＲの列車が土佐山田で雨のため運行を停止していることをテレビで知った。何時間か後には運転は再開されたようだが、これから行くのは山の中の道だから、あるいは山崩れ、崖崩れが懸念されるかもしれない、などと悪いほうにばかり想像してしまう。

高知駅前からＪＲの特急バスに乗り込むと、乗客は三割ほどだった。若い運転手だったが、この程度の雨ならと全然気にもしていないのを見て、昇造は何となく安心するのだった。

バスは市内をノンストップで突っ走って郊外に至る。

昔は田舎に行くと、農家の塀や壁に布団綿だの地酒の広告が貼られていたものだが、今は殆どそういうものを見かけなくなった。新建材を使った都会的な家が畑の中に建てられていたり、立派な車が家の横に停められたりしている。風景の中に溶け込む建物は見ていて心が和むものだが、最近の家は自然の中に落ち着きが悪いように思われる。

伊野という辺りは和紙の産地だという。この辺りを過ぎるころから、雨が小降りになってきた。

いつの間にか山道に差し掛かっている。県道だからずっとアスファルトの舗装道路で乗り心地はいい。だが、風景としてはつまらない。道は川に沿っている。熊秋トンネルというトンネルの手前にダムがあった。それが山道の単調な風景を救っていた。

更に行くと川を隔てた山肌に家が数軒張り付くように建っている。あそこに住んでいる人はどうやってこちらの県道まで来るのであろうか。生活するのに随分不便な思いをしているに違いない。霧が家の下のほうを隠している。昨日からの雨で川の水が茶色っぽく濁っているが、水量はそれほど増えていないようだ。

バスは更に走って引地橋という停留所で五分間休憩した。売店が三、四軒と公衆トイレがあり、観光バスが一台停まっていた。

再びバスは山の中を走る。この辺りは雨が多いのでお茶の栽培に適しているという。ダムを幾つか過ぎ、トンネルを幾つか通った頃、雨が小降りになってきた。相変わらず山に霧が動いているが、辺りは明るくなってきた。橋洞門というトンネルを最後にバスは愛媛県に入った。

バス道路は昇造が心配したのとは違い、崖崩れなど全く心配のない県道であった。濃い緑の間を縫ってバスはひた走る。

渓流沿いの道が川と山から離れてきた。道路沿いに家がかたまって集落を作っている辺りでバスが停まった。そこが久万であった。

ガラス戸のはまった停留所がぽつんとあって、バスが発着している。停留所の中に入ると、切符売り場よりは売店がずっと広い場所を占め、菓子類から雑誌に至る品物が溢れるばかりに並べられている。切符を売っている中年の女性が売店の売り子も兼ねているようである。

道を隔てて土産物店とラーメンの暖簾を下げた食堂が並んでいる。停留所の並びには家が傾きかけた食堂と、おかずを売る店が軒を連ねている。伊予鉄のバス停はここから五百メートルほど先であった。そこで伊予鉄のバスに乗り替えるのである。

伊予鉄のバス停は殆ど無人の駅のようであった。バスが着くと、運転手が切符売り場に入り休憩している。売店も何もなく、日に何便かのバスでは待合室もがらんとしているばかりだ。

そこから二つ目の停留所が大宝寺口であった。バスを降りると、もう道の両側に大宝寺の幟が立ち並んでいる。昇造が道なりに幟について行くと、道はうねってやがて鬱蒼と茂った杉木立に至る。

昨日からの雨に幹をびっしょりにした杉の大木、石ころ道、石垣、いずれもが薄暗い辺りの空気をひんやりさせ、荘厳な雰囲気にしている。急な石ころ道を九十九折《つづら》に上がってゆくと山門に出た。ここにも信仰厚い人たちが藁で編んだ巨大な草鞋が奉納されていた。

この寺は山に張り付くようにして建てられている。そのために境内も狭いし、階段も急だ。新しく宿泊施設と庫裏が建てられたようだが、人の気配はしない。参拝の人も寺の人もいないようであった。

期待していたものが大きかっただけに、昇造の落胆は大きかった。ロバートを連れてきていたら、どんな感想を漏らしたことだろうと思う。オリバーは何に感動してここを薦めたのだろう。ロバートを連れてくることを前提にして立てた計画だったので、ロバートが来られなくなった途端に、張り詰めていた気持ちが急に萎えてしまったのだった。それで昇造はここから更に奥にある岩屋寺に行く計画を取り止めることにしたのだった。

折角ここまで来たのだし、あるいはもうこれから後、来るチャンスはないかも知れないのだから、計画通り岩屋寺に行くべきだという気持ちと、もういいという気持ちがあって、結局気持ちの張りがなくなって、昇造は取りやめたのだった。大宝寺に期待を裏切られたことが、その考えを決定的なものにした。

賽銭をあげて寺を辞した。帰りは道を真っ直ぐとって久万の停留所まで歩いてみることにする。どうやら遍路は久万の停留所からこの道を歩くらしい。両側に田圃を見ながら暫くすると川に出る。橋を渡ったところに、上に屋根のついた大きな鳥居のような門が見えてきた。その先に普通の家のような遍路宿が二軒並んでいた。宿の古びた看板がかかっていなければ見落としていたところだろう。道から土間が見え、恐らく旅人はそこで履物を脱いだことだろう。帳場もあるに違いない。昇造はふっと昔読んだ井伏鱒二の作品「へんろう宿」を思い浮かべた。

左手に曲がると商店街が続いている。人口がどれほどの町か知らないがかなり長い。スーパーや酒屋や写真屋が並んでいるが、床屋が三軒もあるのにはびっくりした。久万の主産業は林業だというが、町には活気が余り感じられなかった。

また、昇造はバスに乗る。岩屋寺に行く予定を取りやめたので、時間も予定より二時間も早まってしまった。久万を出ると道は再び山の中である。山裾を巻くようにして道はうねっている。バスはスピードを殆ど落とさないで走る、走る。峠を越えたのだろう、道がやや下りになってきた。山裾と山裾の合間にちらりと明るい部分が見えた。道の遥か下のほうを流れている川の川下に当たっていた。バスが進むにつれてその明るいものが川下に展開する町であることがはっきりしてきた。

雨はすっかり上がって、町は太陽の下で銀色に輝いているのだった。

松山に着いたとき昇造は強い光線で目に痛みを感じた。

七　道後

松山の駅前から道後までは昇造は路面を走る電車に乗った。ベージュとオレンジは伊予電鉄のＣＩ（企業イメージカラー）で、電車もバスも皆同じ色に塗られている。色こそ違うが昔の都電を思い出す。

市内を真っ直ぐに南に走ると松山城に突き当たる。そこで右に迂回して城を避けるようにして更に南下すると、やがて道後であった。

終点の駅は漱石の「坊ちゃん」の時代を再現した明治の作りになっていて、旅の心を和ませた。松山と道後は坊ちゃんを観光にフルに利用している。しかし、正岡子規を始めとした高名な俳人を多数輩出した俳句の故郷のほうは一般には余り知られていない。

道後公園に沿って百メートルも行ったところに、目指すビジネスホテルがあった。公園に面した一階がスナックになっている。ホテルの入り口は角を曲がった横手にあった。入った右手がカウンターで、四十がらみの日に焼けた男が店番をしていた。昇造が宿帳に記入した住所を見て、

「何市というんですか。東京にはいろいろな市があるんですね」と言った。「小田急線のほうですか」

「そう、小田急線の狛江という駅の近くです」

と昇造が答えると、男は全く予期せずに言ったことが偶然当たったので、ひどく嬉しそうだった。

「いやあ、学生時代に小田急の経堂に下宿していたことがありましてね、もう二十年も前ですが。随分変わったでしょうなあ」

男は一見ごつそうだったが、話してみるととても人懐こそうになる。商店街の人たちでラグビーチームを作っているという。それで日焼けしてごつかったのだ。久し振りの話し相手だったのか、彼はよく喋った。

この商売に入る前はサラリーマンを十六年もしていたこと、あるときサラリーマンを

辞めたら何も残らないと気づいたこと、親爺の後を継いでここをやりながら、人間関係の大切なことを感じて、ラグビーで皆と繋がっていること、ラグビーの海外遠征で、去年はニュージーランドへ行ってきたことなどを、一人で話した。

話の内容からなかなかよく社会勉強をしているなと昇造は思った。外国を旅行しているから視野も結構広い。海外で食べる料理の味もいい参考になると男は言っていた。

明るいうちに石手寺《いしてじ》に行くことにする。歩いても十二、三分という。道なりにバス通りを行くと、左側の民家の間の路地に道標があった。その路地を入って行くと寺の横に出た。石の地蔵がたくさん立っている。中年の女性がそのうちの一つに花とお供えを上げていた。我が子を幼くして亡くしたものと見える。昇造のように物見高く訪れる者は少なくて、身内に不幸を持った女性が多いように思われるのだった。ここにも蠟燭を立てる台があって、立ち消えになった蠟燭が並んでいる。

境内には寺の建物が三棟あって、どれが本堂か分からない。三つの建物に詣でてふと気づくと、そこに山門があるのだった。山門の外に続く参道の両側は、縁日の夜店のように土産物店が軒を連ねている。

参道の先に弘法大師の像が見えた。たまたま来合わせたグループのガイドの説明が耳に入る。説明によると、そこに用意された柄杓《ひしゃく》で像に水をかけると、幸せに通じる橋を渡ることができるのだそうだ。早速何人かが水をかけて行った。

帰りは寺の前でバスに乗った。まだ明るいのでホテルには戻らず、前を素通りして温泉本館に行き、一風呂浴びることにした。

三十年ほど前に来たときは近くの旅館に泊まり、その窓から外観を眺めただけだったのを思い出す。そのときはよく知らなかったのだ。今度はガイドブックで調べてきたから、物怖じすることはない。

二階の「霊ノ湯」は早い話が湯のグリーン車というわけだ。昇造は九百五十円払って二階に上がった。料金が高いから流石に客は少なく空いている。緑の大理石のような石でできた三畳敷きほどの広さの湯槽に浸かり汗を流す。

湯から上がって待合室で扇風機の風に吹かれながら、茶菓の饗応を受けるといった手順になっている。茶釜に沸いた湯で淹れるお茶は、湯上りの喉を潤して美味しいと思った。貴重品は番台で預かってくれたが、これが木箱に入れる昔ながらの方法なので、昇造は楽しく思った。

さっぱりして温泉本館を出て、アーケードの土産物商店街を見て歩く。

名産品としては餡をカステラで「の」の字に巻いたタルト、坊ちゃん団子、醤油餅などが並んでいる。老舗らしい店が何軒かあって、どれが本家か元祖か分からない。いずれも甘そうで買うのをためらってしまう。宿へ戻ってマスターの意見を聞いて決めることにした。

マスターの意見ではお土産なら蒲鉾がいいと言う。魚が新鮮だからとのことだったが、これは日持ちという点で気乗りがしなかった。駅ビルで物を見て決めることにする。

ホテルの斜め前にここのスナックと同じ屋号の「としだ」といううどん屋があって、それはマスターの兄がやっている店だということであった。

「兄貴の店は掛け値なしに美味いですよ。テレビにも美味い店として出たことがあります」

と言う。そういえば店の造りが老舗のように風格がある。しかし昇造はその時、うどんより肉類を食べたかった。ホテルの一階のスナックで和風ステーキが食べられるというので、彼はそちらにした。

出されたステーキはカレー肉のように賽の目に切ってあって、醤油味のたれに浸して食べると美味かった。千三百円は頗る安い。東京なら二千円でも安いと言われるだろうと思う。

部屋は狭くて寝心地が快適とは言えなかったけれど、マスターの人柄で印象は悪くなかった。旅の印象というものはそういうものだろう。

八　松山

翌朝も晴天であった。昇造は自分の立てたスケジュールがかなりきつかったことに気づいていた。短い時間になるべくたくさんロバートに見せたいという思いが、ついつい詰め込み過ぎたのであった。

時間的には確かにそれほど無理ではないのだが、旅の終わりに近づくと、体力とか気力が落ちてくるのを計算に入れていなかった。今、昇造はオリバーがかつて二年ほど過ごしたという太山寺《たいさんじ》に行く気力を失っていた。ロバートがいないせいもある。良過ぎる天気も気力を削ぐのに力を貸しているようであった。とにかく朝から暑かった。

太山寺の代わりに、昇造は三十年前に訪れそびれていた松山城に登ってみることにした。

松山城入り口で電車を降りて、ロープウェイまで住宅地の中を歩く。ロープウェイとリフトがあった。ロープウェイは十分間隔で運行されていて出たばかりなので、リフトに乗った。

斜め後ろに白く光る松山市内が見える。五分ほどで頂上に着いた。松山城は勝山という山の頂に三百八十年前に加藤嘉明が建てたものという。山頂をぐるりと廻るように歩いてゆくと、松山市内が眼下に広がっていた。

右手に高い石垣が連なる。石一つがかなり大きい。この高い山頂までこれらの大石をどうやって運び上げたのだろう。築城の労力を思うとき、そのエネルギーの大きさと、使役された人々の悲惨さが胸に迫るのだった。

恐らく山頂まで攻めてくる敵はいなかっただろうから、この城は権力の象徴だったのだろう。城下町を見下ろして大名は満足し、民はまた強大な城主に庇護されていることに安堵を覚えていたのか。

城としては見るべきものがないので、引き返して帰りはロープウェイに乗った。ウイークデーのせいか客は昇造一人だった。

松山駅までタクシーに乗った。

駅の売店で土産物を探していると、梅茶を売っていた。一杯試飲させてもらうとなかなか美味いと感じたので、二包み求めた。ありふれた菓子などの土産物よりどれだけ喜ばれるだろう。後は「坊ちゃん煎餅」と醤油餅にした。

朝、ホテルのテレビニュースで、ＪＲ四国がＴシャツを今朝から売り出すと放送していた。駅のはずれで売っているので、彼は息子に一枚買った。市販のものに比べて割高なので、果たして売れるかどうか、ＪＲではおっかなびっくり五百枚ばかりを先ず作ったのだそうな。

バスに乗り込み市内を北に通り抜け、電車の線路と絡み合うように郊外を走る。三十分もした頃、瀬戸内海が見えてきた。そこが松山観光港であった。瀬戸内海に面している港というのは本州が彼方に見えるので、いわゆる太平洋側の港のような荒々しさからくる寂しさのような感じはない。それは果てしのない海に対する不安がないからだろうと昇造は思った。

切符売り場で周遊券のキャンセルをして、二時間繰り上げてもらう。

水中翼船は彼が思っていたよりずっと小さかった。まるでランチといった風情である。赤い水中翼の部分が波の下に揺らいで見える。いつでも出港間際の桟橋は海の男たちがせわしなく往き来して旅情をかき立てる。昇造はこのときが好きだ。

桟橋から乗り込むと、真ん中の機関部から前と後ろに振り分けのように座席があった。前の座席に下りる。客は三分の二くらいの乗船率だった。

香港からマカオへ行くとき水中翼船に乗ったことがある。このときは殆ど揺れなかった。以来昇造はこの手の船に絶大な信頼を置いている。あるいはホバークラフトだったかも知れない。

スピードを上げ始めると、船底のほうで岩にでも当たるようなゴトンゴトンという音がした。水中翼が水を切る音だとすぐ分かった。時速百二十キロぐらい出ているらしい。韓国名の貨物船を追い抜いたり、小舟とすれ違ったりして、晴天の瀬戸内海を一時間半ばかり走って、船は無事三原港に着いた。

十二時三十五分三原発のひかり一三四号に乗り込んで、昇造は本当にほっとしたのだった。これでハワイから舞い込んだロバートの手紙が巻き起こした遍路騒動とでもいう、今度の旅の一切が終わったのだ。思えば長い手紙のやり取りだった。昇造は新幹線のひかりの座席に深々と腰を下ろし大きな伸びをした。

（完）

小諸悦夫（こもろ　えつお）

1932年東京都生まれ。法政大学第二文学部英文科卒業。
出版社で主に少年雑誌、少女雑誌の編集に従事。
著書に、『フレッド教授メモリー』（早稲田出版）、『ミミの遁走』『落日の残像』『民宿かじか荘物語』『酒場の天使』『ピアノと深夜放送』『遙かなる昭和』『栄華の果て』『墓参めぐり』『インク・スタンド　その後』『角一商店三代記』（以上 鳥影社)がある。

人生回り舞台

定価（本体1400円+税）

乱丁・落丁はお取り替えします。

2020年 1月 6日初版第1刷印刷
2020年 1月12日初版第1刷発行
著　者　小諸悦夫
発行者　百瀬精一
発行所　鳥影社 (www.choeisha.com)
〒160-0023 東京都新宿区西新宿3-5-12トーカン新宿7F
電話 03-5948-6470, FAX 03-5948-6471
〒392-0012 長野県諏訪市四賀229-1(本社・編集室)
電話 0266-53-2903, FAX 0266-58-6771
印刷・製本　モリモト印刷
ⒸKOMORO Etsuo 2020 printed in Japan
ISBN978-4-86265-786-2 C0093

小諸悦夫の本

ミミの遁走
激動の時代をひとりの少年の目から描いた「虹を見る日」、飼い猫をめぐる表題作他。

落日の残像
まどろみの夕映えにうかんだ光景。凪いだ小波は朱色のグラデーションに染まり……。

民宿かじか荘物語
平凡だが確かな手応えのある生活の大切さが伝わってくる表題作、他三篇。

酒場の天使
妻子と別れ、若い女性と同棲した主人公をシニカルに描いた問題作他。

ピアノと深夜放送
ピアノの思い出を深夜放送へ投稿したことが不思議な縁を結ぶ表題作、他三篇。

遙かなる昭和
戦前から戦中にかけての昭和の庶民生活を、子どもの目を通して活写した表題作他。

栄華の果て
戦後の一時期町の娯楽を一手にひきうけた映画館の盛衰。他にも老後の人生を描く。

インク・スタンドその後
強制疎開で母親の実家がある地方の町に移り、苦しい時代を支え続けた思い出の品を通して戦後の昭和を描く表題作他。

角一商店三代記
約百年を町の盛衰と共に生きた、市井の人々の、泣き笑いの歴史を綴る。定価（本体1400円＋税）

各 定価（本体1300円+税）

鳥影社